# A pesar de Franco... Los mejores momentos
## Relatos españoles de los sesenta y los setenta

Pilar Baumeister Andreo

© 2015 Pilar Baumeister Andreo

Herstellung und Verlag:
BoD – Books on Demand, Norderstedt

Umschlaggestaltung:
Angelika Acker

2. Auflage

ISBN 978-3-7347-6689-3

## Primeras palabras: introducir, conducir, reproducir, deducir

Él era un infeliz, no pensaba mucho y por eso era la mayor parte del tiempo feliz. Pero nosotros, que somos más inteligentes... o nos duele el estómago, el cerebro o el corazón. Y sólo brevemente disfrutamos de un momento dichoso. Pero eso sí, de gran transcendencia como la religión, el amor, la guerra, el arte en sus formas musicales, oratorias o visuales: síntesis orquestal fulminante de mil impresiones grandiosas unidas en sólo dos sílabas: feliz...

El que silba, conoce el contacto con el aire.

Voy a silbar y a escribir.

Pero no, estoy mintiendo, debo reconocerlo, pues lo que voy a ofrecer ahora es escritura enlatada, cosas que escribí ya hace años; huelen a pasado y quizás no hayan estado bien conservadas, sin la refrigeración necesaria, ni la preparación adecuada de momificación, sin la temperatura fría, brutal que hace sobrevivir... Quizás no sean ya digeribles. Entonces las tiraremos al mar, y si no hay mar al río, y si no hay río, al abismo. Sin embargo, algunas de estas páginas son aún mi presente y recuerdo vivo. Y ahora en que ya no hay censura en España, sino al contrario, en que la memoria histórica puede por fin salir al exterior y mostrarse, quisiera sacar a la luz aquel tiempo de mi juventud.

Las flores se abren... los seres sonríen, se expansionan y hablan, a veces únicamente saben respirar y meditar silenciosamente sobre su existencia.

Los personajes de mi libro son en parte universales, creo, y no siempre encajonados en una nacionalidad u época determinadas, pero la atmósfera ambiental de fondo en mis relatos es española y muy de entonces... no de ahora. Pues había una atmósfera muy típica en España en los sesenta y setenta, durante la dictadura Franquista, y algo de esta atmósfera reprimida, estrecha y atemorizada, sin libertades políticas, religiosas ni sociales, y con un desarrollo personal muy limitado, sí que ha quedado captado en las imágenes que aparecen y que yo intenté describir en aquella época cuando aún vivía en España, antes de marcharme a Alemania, vivencias propias y de otros seres, buscando todos la felicidad, y consiguiéndola en algunos instantes, a pesar de todo... en un plano de placeres particulares muy inofensivos que ni las dictaduras peores del mundo han logrado jamás reprimir.

## I El hombre de las excursiones
## Agustín Rocas

Ni nuestro caudillo, Francisco Franco, podía amargarme mis paseos solitarios.

¿Qué importa como me llamo? Debo decir ante todo lo esencial, soy principalmente "un fanático del paisaje". Por ejemplo, los atractivos de una persona pueden pasarme inadvertidos. Soy de gustos bastante duros y me cuesta admitir a mis semejantes; los tomo como cosas superfluas, en cambio, con la naturaleza me entiendo. Soy un captador de esas puestas de sol y esos amaneceres radiantes, que me inspiran una alegría casi infantil, como si el mundo estuviese recién construido. Tal vez les doy más vida de la que tienen en realidad, y al hombre lo encuentro más difícil de analizar. Lo cierto es que no me esfuerzo mucho para profundizar en su psiquis. Pero tampoco tengo el alma dormida. Hay seres insensibles, que pasan junto a algo y no se conmueven. Yo me conmuevo ante el mar... las aguas tranquilas o súbitamente agitadas y sobre todo la distancia. No me represento la distancia como a dos amantes separados, sino como a una infinitud de tierra y de aire, como una parte de la naturaleza que llama a otra parte. Compondría versos sobre el crepúsculo, el invierno frío y la estación de las flores. Besaría el cielo, las estrellas durante mis noches de insomnio, que son un ambicioso ascenso hacia el más allá.

En especial, el lugar donde nací tiene un encanto superior para mí, una magia persuasiva, y después en fin, todos los lugares hermosos. En realidad, todos tienen algo, hasta el mal clima es una expresión que me atrae: las calles de ciudad llenas de niebla, las calles llenas de lluvia, un lugar solitario con casas en ruina, etc.

Me gusta pues ir de un sitio a otro, desde luego retornar al mío natal que es mejor; pero disfruto verdaderamente en mis excursiones.

Aquel día había ido seguido de varios compañeros. Ellos charlaban en vez de observar.

-¿De qué les servirá la vista? -me pregunté-. ¿Y la respiración? ¿Por qué no respiran hondo este aire sano? Cambiar de impresiones ya lo hicieron antes en el cuarto cerrado que olía a humo, pero ahora es lamentable que continúen...

Entonces resolví dejarles un momento y me fui por mi cuenta.

Fui feliz paseando, contemplando el cielo. No estaba muy pacífico. Tal vez habría tormenta, me dije.

En tal caso, tendríamos que irnos precipitadamente, aunque a mí me da cierta euforia la tempestad, la voz de los truenos y el viento. ¡Oh, sería una lástima tener que marcharse! Pero dejé de pensar en aquellos temores y cerré los ojos. Empecé a soñar. Creo que me quedé dormido allí sentado.

Se me aparecieron regiones montañosas, llanuras, bosques, extensiones de desierto como mil secuencias de películas, y todo mezclado. Como si en un solo segundo se hubiesen reunido todas las facetas de la naturaleza que yo nunca podría alcanzar simultáneamente ni con los más alocados viajes. El día se había juntado con la noche, las flores con la blancura de la nieve. Yo estaba en el centro de aquella asombrosa variedad donde todo era ilimitado. Tras el vértigo del primer contraste, me dije que aquella era mi visión más valiosa y que el paraíso debía ser algo parecido.

Cuando volví con mis compañeros me preguntaron qué estuve haciendo.

-Nada. Pensaba...

-Eres un tipo raro, -me dijo alguien-. Te pasas la vida explorando territorios y cuando hablas, haces alguna frase cursi sobre "lo grande que es la creación".

Es posible que fuese en verdad cursi, por eso hago menos frases todavía y me concentro cada vez más en mis "lindos" paisajes.

## II  Adiós a los espíritus oscuros
**Marcela Vives**

Yo estaba arropada por mi filosofía y mi vida interior, por eso el momento histórico de quien nos gobernaba o no, sólo me rozaba, pero no era de gran importancia.

Los iba eliminando con mi gesto tranquilo como de no hacerles caso a todos aquellos gobernantes fatales y espíritus negativos que siempre me amenazaban, en las grandes decisiones e incluso en la vida diaria. También concentré toda mi energía en decirles adiós aquella tarde. Les despedí desde la puerta de mi habitación, y las corrientes invisibles que ensombrecían el ambiente, huyeron disparadas, como si de pronto yo tuviera un arma potente y explosiva de misterioso mal para ellos. Recordé que también había tenido aquel arma otras veces, y los espíritus claros y amables se habían encontrado conmigo en otras ocasiones. Conocía pues su manera de expresarse, vigorizante y recomfortadora para mí, pero lo cierto es que no tenía mucha práctica en ser feliz. En general, todos los que me trataban sabían que yo era una mujer exigente y difícil, tal vez porque sólo aceptaba las grandes alegrías y no me inmutaba ante las mediocres.

Así pues hubo tres grandes épocas de felicidad en mi vida, que fueron como tres eras abarcando siglos de extensión cada una, la era primaria, secundaria y  terciaria de mi desarrollo interno, eras que pulieron y perfeccionaron mi "manera de ser feliz", un arte triunfante, definitivo y majestuoso en sus raras apariciones. Debo reconocer que todas tuvieron por base la mente, porque yo concedía gran importancia a la inteligencia. El día en que terminé mis estudios fue como una erosión volcánica para mi ser.

El día en que un hombre inteligente y yo nos entedimos profundamente y decidimos vivir juntos. En fin, el día en que disipé la ignorancia de muchos seres con mi conferencia sobre "La necesidad de hacer algo"...

Claro es que después, mis estudios no me sirvieron de mucho; y el hombre inteligente se esfumó, quizás sin haberme entendido más que los otros; y el valor de mi conferencia no debió ser muy duradero, ni lo tomaron muy en cuenta. Pero sí, aquellos fueron momentos grandes...

Y ahora volvía a tener aquel arma potente y explosiva; sin embargo, examinándola con cuidado, descubrí que era una alegría más mediocre, de las que no me impresionaban antes.

"Quizás se me habrá atrofiado el cerebro", pensé. Las personas inteligentes no disfrutan así. Ven, analizan los problemas. Me siento como un ser irracional, que pierde calidad interior.

Pero no importaba, si con ello conseguía eliminar a los espíritus oscuros.

Me llenó el bienestar de aquella hora... Acababa de pasar una ligera enfermedad y ahora vivía los goces de una convalecencia suave: poder levantarme, recibir las primeras visitas. Yo era ya una mujer madura y estaba sola, pero tenía amigos que me llevaban flores, y ahora me había quedado abstraída leyendo una novela. Aquella lectura me hizo insensible a mis cargas mentales, empecé por despersonalizar a mis espíritus oscuros, tal era mi primera fórmula para eliminarlos...

Como en una especie de autosugestión agrandada creí verlos dispersos, separados los unos de los otros. Yo había establecido su división y ahora podía expulsarles fácilmente de uno a uno. Así luché primero con la esencia atormentadora de las dudas: ¿Sería cierto que yo valía un poco? ¿Me estimaban de verdad mis amigos? Las dudas eran fuertes, pero no pudieron agarrarse a los temores... Los temores eran otras substancias o seres, aunque se pareciesen a las dudas; hablaban más de muerte y peligros, que en fin producían miedo... A pesar de ser yo a veces cobarde, aquella esencia sola de pánico sin las dudas reflexivas era débil y no pudo apoyarse en la melancolía y agarrarme por sorpresa. El temor y la melancolía no se parecían en nada, aunque a determinadas horas se uniesen. Y así sucesivamente fueron cayendo, sin apoyos mutuos, las substancias de aquel cuerpo compuesto negativo.

La añoranza por un amor perdido, los recuerdos penosos, el pesar en forma de cansancio o desgana, todo esto lo desterré, lo arrojé fuera... y entonces, los seres claros y felices cuya noción ya conocía salieron saltando y cantando audazmente de sus rincones. Ellos probaban que habían estado sólo escondidos todo aquel tiempo.

Continué leyendo la novela, aunque disfrutando aún de aquella derrota de mis contrarios. Aquela no era una de mis grandes alegrías, pensé de nuevo. Ahora que aceptaba las mediocres, todo ocurriría con menos intensidad, pero podría decir muchas más veces: adiós a los espíritus oscuros...

## III  Coleccionar algo
**Rogelio Sánchez**

Somos una familia normal. Yo soy un hombre estable, bastante meticuloso, después de haber coleccionado cuidadosamente varias cosas durante años, empecé a coleccionar también seres junto a mí, una esposa, siete hijos, una cuñada y una madre política, lo que prueba que el mundo es el resultado de una colección más o menos ordenada.

Mi felicidad no es explosiva, sino que crece palmo a palmo, paulatinamente, con todo lo que voy arrinconando, guardando día tras día. Contemplo las cosas recogidas, las cuento, me sumerjo en la empresa de la conquista cuando aún no están en mi poder.

Es delicioso ver cómo las pequeñas cantidades van subiendo hasta llenar una caja o un mueble entero. Es la metamorfosis del número y los objetos que toman mayor potencia cuando son más... Me gusta también cuidarlos, hacerlos sobrevivir... para que no se rompan, ni se ensucien, y me gusta recrearme mirando su apariencia decorosa cuando ya ha pasado mucho tiempo. Es agradable además pensar en mis piezas y reliquias, que amo verdaderamente; este placer es tal vez debido a mis costumbres tradicionalistas del que quiere juntar y cerrar con llave los objetos valiosos antes de que puedan estropearse. Los encierro sin ruido, para no hacerles daño y para que no se lamenten de mi tiranía, pero dejarlos seguros en casa.

Coleccionar algo... no importa qué: sellos, monedas, revistas. El acto en sí es el dador de unos impulsos y unas intuiciones silenciosas que nos dicen: "Esto estará bien en mi colección", Creo que lo sentiré hasta antes de morirme, cuando inevitablemente tendré que dejar mi preciosa colección a los vivos.

Si desean hacerme rabiar, no hay nada más fácil que extraviarme algo; luego, cuando lo encuentro, empiezo a reír y me inquieto de que todos conozcan mi punto débil, vulnerable. Pero esos puntos débiles que nos hacen felices, o que nos hacen sufrir, son lo mejor del mundo, los resortes y mecanismos que mueven todo un sistema espiritual de inclinaciones y angustias.

Mi hija Victoria en cambio, es feliz de otra manera: sólo con mirarse en el espejo y encontrarse bonita. Para ella es casi una obsesión ser bonita; quisiera que toda la belleza de la tierra estuviese en su persona. Si alguien la apercibe y la llama atractiva, ella se transforma... se vuelve más joven y simpática de pronto, como una niña dulce y agradecida.

Mi mujer disfruta extraordinariamente tocando el piano, una cosa que yo admiro mucho, pues también colecciona como yo: sonidos, partituras, nombres de compositores.

Nuestro hijo Federico es un ser nervioso que sólo halla placer en el tabaco; éste es como un tónico para él. Siempre le veo rodeado de humo y su cara indica todas las sensaciones del fumador: la necesidad, saciada como la sed, la impaciencia de tener otra vez a su compañero eterno, la droga sutil en su mano. Y en cuanto a mí, tengo una gloria inofensiva: coleccionar algo. Coleccionar es la voz del ahorro, de que no deben derrocharse las cosas antiguas y apreciadas. No las describo aquí, sólo quiero detallar las satisfacciones que ollas me producen y mis miedos crónicos. Temo el robo, el deterioro, lucho para conservarlos limpios y me paso la vida buscando cajones decentes donde ponerlos. Aunque mi familia, mi gran colección, va por caminos muy diferentes, yo sigo mis rastros ya establecidos. No soy avaro y no colecciono el dinero, porque tampoco lo tengo, pero sí colecciono significados de frases, horas, seres y objetos que son lo más visible y menos perecedero...

## IV La venganza juguetona
### Marisa Roig

Los dos tipos de venganza se me aparecieron y me hablaron cuando iba a apagar la luz de la lámpara para dormirme. Se mostraron claras la venganza suave y la venganza colérica procedentes de una misma raíz, aunque contrarias en cuanto a método y dosis; y ambas usaron tonos persuasivos para convencerme. Pero la venganza dura, emparentada con el odio, era menos tolerante y más agresiva.

El murmullo del perdón hablaba un poco ahogadamente en una esquina de mi cerebro. El perdón daba paz espiritual, sin embargo, desvirtuaba, descosía y deshacía telas ya hechas y no podía dar la satisfacción de la justicia. El reaccionar siempre tan generosamente era como estrechar la vida y quitarle verosimilitud. La venganza venenosa y mal intencionada también me parecía un extremo; pero la venganza suave, la pequeña represalia sin consecuencias graves, el rebote merecido de algo que nos hirió, ¿por qué no?

Sin ese placer de "travieso intercambio", de llegar también mi momento... yo sería un personaje insensible, o una santa, y nada más lejos de mi humanidad que ser una de ellas. Los motivos para vengarnos están... Si queremos quitarles su importancia, tarde o temprano, las importancias se juntan para decirnos que estaban... y que nosotros no devolvimos nada, los torpe y débilmente misericordiosos de una civilización anti vengativa.

A veces era necesario quemar la tierra, o mejor dicho, chamuscarla un poco. Mi pasión necesitaba esa felicidad de devolver golpes recibidos, procurando eso sí no hacer demasiado daño. Acaricié pues dulcemente mis imágenes de represalia. Empecé a distraerme planeando la suave venganza contra mi marido.

Aquel día Martín se había portado mal. Dijo francamente que no me encontraba bonita con el peinado nuevo y añadió despectivo que cada vez me parecía más a mi madre. Me dejó sola y acomplejada, porque además, no sé qué le pasaba a mi voz, que le recordaba a mi padre y eso le ponía nervioso como una gota sonando incesantemente en plena noche.

Entonces fui feliz del único modo posible, ideando mi nueva conducta en nuestras relaciones. Pronto me iría del reino de nuestra habitación conyugal. A la mañana siguiente me arreglaría muy bien, para que sus amigos dijesen que tenía una mujer atractiva, y cuando quisiera explicarme algo de su trabajo, le diría con inmensa frialdad que no me interesaba. Eso es lo que le contrariaba más, y ambos seguíamos esas venganzas recíprocas, gentiles hasta cierto punto, porque no destilaban venenos mortales y se olvidaban casi enseguida cuando nuestros cuerpos estaban en contacto, pero no dejaban de ser peligrosas por ser tan frecuentes y por la falta de ternura que presagiaban.

De pronto empecé a pensar en cosas muy serias, en las grandes venganzas que rumiaban los inadaptados y mal tratados...

Imaginé estar viendo a una serie de ellos, de víctimas quejumbrosas en la estancia sosteniendo un coloquio contra la sociedad que pensaban destruir al otro día. Me representé a un ser aprisionado por una influencia, que soñaba durante las noches en vengarse de ella y aniquilarla. En fin, se me aparecieron los libros en que alguien buscaba a un asesino, a un ladrón o violador y no paraba hasta encontrarlo, para poder escribir su hora final.

Recordé que yo también había conocido a un hombre perverso en mi juventud, que quería hundirme, y muchas veces tuve la idea fija, absorbente de triunfar sobre él, de dejarle atrás y que se muriese de rabia.

¡Ah, eran mejor las cosas nuestras de ahora! me dije suspirando. La venganza suave, ligera y casi afectuosa era un placer menos justiciero y menos maligno, libre de fanáticas obsesiones.

Definitivamente, ahora era más feliz, pero también me sentí muy cansada y fui cerrando los ojos.

Después llegó mi marido. Me incorporé y dije con voz adormilada e ingenua:

-¡Oh, qué despistada soy! Mis planes... Tengo que marcharme de la habitación.

Él susurró acercándose:

-Vamos, ya te vengarás de mí mañana... Y entonces yo me vengaré de ti por haberte vengado de mí. Pero ahora no. Quédate conmigo.

## V  Poder aconsejar
### Ignacio Herrera

Soy viejo, y por tanto tengo mucha experiencia de las cosas. Tal vez es éste mi único tesoro. Cada día, desciendo a mi cueva escondida, cojo mis monedas y las reparto entre la gente. Son monedas abstractas, se entiende. Ahora puedo decirlo, porque estamos en la época de lo abstracto. La sabiduría de Salomón, dar consejos, es un placer grande y de responsabilidades muy íntimas para con nuestros hermanos. Es como si alguien estuviera en el suelo y quisiéramos levantarlo, recogerlo amorosamente. Así, ante un problema no podemos quedarnos fríos, nos cuesta gotas de sangre y sudor y nos ponemos inmediatamente en acción con todas las piezas acumuladas de nuestra opinión, acertada o no. Entonces sentimos una impresión de alivio. Ya hemos fragmentado, resumido un concepto, unas normas a seguir; ya hemos hecho algo...

Yo tomo un verdadero interés por cada caso, y cuando los veo, no puedo menos que hacer una frase bien dicha, para enderezar sus vidas, algunas, desequilibradas, llenas de rapidez y desenfreno como las de mis nietos. Ellos dicen que soy un viejo entrometido, no comprenden mis buenas intenciones. Sin embargo, debo admitir que mi placer de dar consejos no es sólo el deseo de ayudar, sino un anhelo egoísta de que me cuenten historias y arreglarlo todo a mi manera, y además, porque necesito distraerme.

Los de mediana edad son los más accesibles a mi amable interés. ¡Pobres seres ya maduros, que vivieron la guerra civil con sus bombardeos, crímenes y hambre y después la opresión de la dictadura actual! Ellos son los peregrinos indefinidos, entre los jóvenes y las personas de mi edad; no saben qué hacer, ni a quien seguir...

También hay otras vidas mustias y apagadas que deberían transformarse igualmente. Tengo una vecina mía muy anciana. Es viuda, no sale casi y está muy amargada. Yo le digo que debe modernizarse, pues yo en mis tiempos también fui un hombre progresista. Le digo que debe vivir lo mejor posible y procuro alegrarla, lo cual es en extremo difícil; a veces creo que acabaríamos llorando los dos. También yo perdí a mi mujer y dos de mis hijos emigraron a Francia y casi no me escriben, únicamente por Navidad. Pero soy feliz cuando siento que tengo influencia beneficiosa sobre alguien, aunque sólo sea por unos segundos, mis pequeñas victorias sociales, cuando alguien sigue o dice seguir mis consejos. Cómo dejar de engordar; cómo conseguir el amor de una muchacha indiferente; cómo ganar en las quinielas; cómo encontrar otro tipo de escuela para Juaquín y hacer que coma más. Hay una mujer joven en la escalera inmediata a la nuestra, que es algo torpe; es madre de un niño delgaducho y enfermo que no quiere comer, y siempre pide los auxilios de mi experiencia.

Dar consejos es mi gran afición. Ya la adquirí cuando aconsejaba a mis amigos que leyeran tal o cual autor, o que dejasen a una novia infiel, y ahora se me ha acentuado con los años. Quizás soy demasiado teórico, como dicen mis nietos, pero yo siento toda la vibración y la fuerza inventiva del consejo, cómo rellenar los espacios vacíos y descubrir la productividad de mi ser en movimiento constante para alcanzar a los demás.

## VI La autobiografía de Pilar y sus motivos para no deprimirse

No soy la heroína revolucionaria en la novela de Hemingway también llamada Pilar, pero me hubiera gustado serlo. Nací un poco después, en el 48.

\*\*\*

Si quiero sincerarme con la autobiografía de mis mejores momentos, descubro que he conseguido una felicidad muy regular y verdadera en esta habitación, durmiendo con una niña de cinco años todas las noches, mi hermanita e hija adoptiva, Patricia, que tiene casi catorce años menos que yo. He contemplado esa dicha, que los aventureros y gente emprendedora de la historia pueden considerar quizás poco interesante, pues ya se ha hablado tanto de la maternidad, que el placer materno queda como un idilio gastado, algo así... algo así como el de un granjero con su vaca y leche fresca. (¡No vas a compararme con una vaca! diría mi Patricia indignada, si pudiese leer estas líneas), pero lo cierto es que mi relación con ella ejerce un gran magnetismo sobre mí y tiene una doble poesía.

Experimento una satisfacción inigualable de mundos tranquilizadores que me pertenecen cada vez que noto el calor de las sábanas y ese cuerpo musical, menudo y blando como el algodón, esas manitas inquietas y tersas, esas mejillas de tacto finísimo y esa voz celeste familiar, que conozco hasta lo más hondo de su más borrado matiz. Alguna vez acurruca mi cabeza en su hombro también maternal y entre estos bracitos que huelen a niña recién nacida siento una especie de protección, una seguridad ilógica, pues todo es débil allí, pero tan vivo y leal, tan sin fronteras...

Puedo asustarla en un momento, mover su curiosidad o hacerla reír ruidosamente con cosquillas o con el arte invisible de mis palabras, y eso es lo maravilloso. Es un deleite indescriptible el de esas compañías diminutas e inquisidoras, a parte de que los demás niños nunca podrán ser como ella; esta hermana-hijita es una criatura única en el mundo para mí. A veces, cuando me pregunta algo, siento un deseo fugaz de que tuviera mi edad y me entendiera, pero entonces se habría esfumado nuestra incomparable y hechicera amistad de épocas distintas comunicándose. Le explico de cuándo no sabía hablar ni andar todavía y sólo lloriqueaba o susurraba cosas incomprensibles, mientras la cuidábamos. Esas historias de su pasado que a ella le parece lejanísimo le interesan. Después, divago zalameramente sobre cuán bonita es, y de dónde habrá venido, y de lo bien que estamos las dos. Ella es lo mejor del mundo... No obstante, un pensamiento me dice que quizás también debe haber algo más, también digno de vivirse: viajes, una carrera, el amor de un hombre.

Algunas veces, "mi sueño", como la llamo, se enfada conmigo, porque me fatiga verdaderamente contarle cuentos, porque no la dejamos más tiempo en el parque como ella quisiera, o porque me empeño en enseñale algo demasiado difícil para ella. Entonces le coge una de esas rabietas silenciosas, se hace la indiferente y no me hace caso. Es como si se alejara de mí miles de horas y kilómetros; me entra una sensación de pánico terrible y tengo que ir a buscarla muy de prisa o no puedo dormir en paz, con un peso durísimo de fracaso y desamor que no puedo soportar. No hay ningún ser que pueda recompensarme o castigarme tanto por mis acciones; es como si me hubieran desterrado del cielo... Pero esto no dura mucho y vuelvo a respirar la ventura de esas noches junto a este ser dulce, tierno y malhumorado también, pero con el que enseguida se pueden romper las barreras. Más que la noche son esos momentos del principio y el final del día cuando conozco sus caricias y me doy cuenta ilusionadamente de que tengo algo para jugar, para quererlo mucho... y hay una realidad que se realiza cerca de la mía cuando me despierto todas las mañanas. Tal vez porque soy tan joven y como madre adoptiva lo encuentro todavía más apasionante y con una riqueza enorme de perspectivas muy amplias, como si voláramos las dos por los aires cogidas de la mano.

\*\*\*

A veces, encontrar a alguien interesante resulta muy difícil. ¿Dónde se reúnen? nos preguntamos, ¿con qué señales secretas se entienden para entrar en los cafés, bibliotecas, museos o salas de fiesta y celebrar allí la tertulia de sus contactos? Me hubiese gustado seguir a todo el mundo, para ver si a determinadas horas cambiaban de expresión, se sonrojaban un poco y entraban en algún sitio transcendental, donde una personalidad súbita, fascinante, les brotaba de la nada, como de los tiestos las plantas que empezaban a salir a la superficie de pronto. Indudablemente, los lugares influyen, y tal vez eran los lugares los creadores de tales transformaciones.

Hubo una época en que me preguntaba desesperadamente dónde estaban esas vidas "que brillan más", porque los libros no mentían y yo había leído sobre personajes muy especiales, por los que valía la pena vivir, seres inteligentes, de mentalidad enriquecedora y de reacciones imprevisibles, sorprendentes. ¿Dónde los había dejado el autor? Todos esos textos no hacían más que aumentar mi aburrimiento y mis ansias de vagabunda disconforme. Quizás era yo demasiado torpe para captar en la vida real las cualidades de la gente, que sólo sabía apreciar como lectora. Entonces intentaba ver en las personas vulgares tesoros escondidos y rasgos excepcionales, que quizás escapaban a mi adormilada percepción. Recuerdo que me emocioné incluso un día, cuando supe que una enfermera trabajaba de noche y dormía durante el día. Era algo original, digno de tenerse en cuenta. Pues no seguía las normas habituales.

Después, en cambio tuve una época de descubrimientos valiosos en que todas las maravillas se acumularon juntas. Tal vez ello fue debido a mi nueva actitud de observación o a que conocí más ambientes y lugares diversos. No es que todas las personas fueran agradables, superdotadas o de un poder divino como milagroso... pero todos traían una positiva ofrenda importante a mi desarrollo. Algunos me atraían por su misterio, estos que no llegaban a conocerse del todo y por su insociabilidad, otros por su lenguaje extranjero, por la música que les gustaba, por sus planes de futuro; otros por su dulzura singular o por sus creencias religiosas o políticas nuevas para mí. Hasta la parte más mínima de humanidad resulta compleja y por tanto es necesaria una atención profunda y un proceso de detenido estudio, con lo cual uno puede tener una ocupación muy absorbente a todas horas. En verdad no hay satisfacción mayor que la de analizar y penetrar cada vez más en la psiquis y situaciones de nuestros compañeros humanos. Me invade una gran felicidad cuando entablo un diálogo, juntarme con otro ser brevemente o mucho tiempo, aficionarme a su presencia o permitir una despedida sana y ligera, si es que es necesario. Esa pasión e interés por los demás puede hacernos sufrir mucho, pues es arriesgado necesitarles demasiado, pero ellos nos dan vida y la substancia de toda una colectividad parece acompañarnos como un coro fantástico de voces unísonas. Sonrío ante mi pequeña parte en el gran coro, mi himno de esperanza, que tiene figura de hombres y mujeres, fumando, trabajando, durmiendo, contando sueños que yo también persigo.

***

Andar largo tiempo por las calles es una de mis predilecciones. Andar representa la definitiva mención del movimiento, el ejercicio audaz de trasladarse, de eliminar la lejanía, de alcanzar los portales llamativos y con ellos el calor de otros mundos, por eso me concentro en ese acto. La lástima es que no podemos entrar en todos los portales llamativos, ni en todos los mundos, pero sí podemos respirar el aire, sentir los coches, la gente, visitarlos y rozarlos rápidamente.

A veces escucho la charla fragmentaria de decenas de individuos y hay en la velocidad de su desaparición algo poético, porque los nuevos poetas no quieren tanta rima, ni tanta fijeza. Es mejor pasar de largo ante sus conversaciones, no saber más de sus vidas.

Existen países en que la gente no habla tanto por las calles, se nota una atmósfera de reserva según el temperamento de sus habitantes, y a veces el frío de algunas latitudes en invierno no permite, a los finlandéses por ejemplo el deslizarse por las calles con placer. En España y otros países del sur sí que es posible. En verdad, el Dios de los paseos maravillosos ha favorecido a algunos países más que a otros. Debiera estar agradecida, pues no deja de ser un sedante para los nervios y un escape contra las estancias cerradas, claustrofóbicas, si podemos pasar la mayor parte del tiempo por las calles sin helarnos.

Siento una noción de libertad al andar, al poder salir de casa y dejar también la casa de en frente. Detesto mis viajes a la casa de en frente y quiero que mis viajes sean más largos y mucho más seductores y expresivos.

Mis pasos cuando resuenan por las calles abiertas y sin límites... en ocasiones piden socorro a un desconocido, otros pasos míos andan automáticamente, sin entusiasmo, otros están llenos de un buen humor excelente. Y yo comparto ese monólogo de mis pasos, que solamente yo misma entiendo.

Muchas noches querría abandonar mi habitación e irme. Si por algún motivo hay dificultades que se interponen a ello, sufro naturalmente, pero si al final lo consigo, entonces disfruto con mayor intensidad de estas calles, que me han parecido durante algún tiempo irrecobrables e inaccesibles, como cuando estamos enfermos y no podemos salir.

Las expediciones sin rumbo son las mejores, o todavía mejor, las que nos conducen a algo amado. Entonces vamos pensando con un corazón saltarín y alegre que ese trayecto es muy diferente a todos los otros.

Aunque tanto ruido puede resultar asfixiante y ensordecedor según los estados de ánimo que vivamos, suelen gustarme los puntos de tránsito movidos y llenos de gente, estaciones, almacenes, calles comerciales con teatros y cines y cruces muy concurridos con muchos coches. El tiempo bajo el ruido incesante va más de prisa y todo lo que nos rodea parece un templo enorme con bocinas orando al Dios de la gran Ciudad.

### *Nota de Pilar después de más de cuarenta años*

*Una cosa que me llama la atención al mirar mis escritos de aquella época, es que nunca mencionaba un hecho importante de mi vida: el que yo nací privada de la vista y que por lo tanto nunca pude ir sola por las calles, sino siempre cogiéndome del brazo de algún miembro de la familia. Mis padres, hermanos o alguna amiga. Generalmente era mamá quien me guiaba en aquella época, un lazarillo locuaz y simpático, con el cual podía distraerme hablando mientras paseábamos y hasta sentirme casi libre y autónoma, pues formábamos un bloque tan unificado las dos que no hubiera podido decir dónde terminaban mis pies y donde empezaban los de mi guía, ni quien seguía a quien en aquel concierto divertido y natural. Fue muchos años después ya en*

Alemania, cuando aprendí a ir con un perro guía y algunas distancias cortas también sola con un bastón. En la época que describo, en cambio, mis paseos por las calles fueron siempre acompañada.

Pero ¿no es un poco extraño que no mencionase ninguno de esos detalles fundamentales? Ni sobre mi acompañante escribía nada, ni sobre las veces en que yo habría querido salir y no había podido hacerlo, porque no siempre estaban mis familiares accesibles a mis necesidades, o a la inversa, las veces en que había debido salir con ellos cuando en realidad, no tenía muchas ganas.

Creo que la ficción para mí por aquel entonces era un escape, no quería en el fondo escribir mi biografía, sólo acercarme a mí un poco con ramalazos de algún sentimiento abstracto, pero después cuando ya se trataba de concretizar mi existencia, quería alejarme otra vez... y me alarmaba poner demasiados detalles sobre mis circunstancias. Nunca había leído novelas sobre ciegos ni había estado en centros especiales y yo quería escribir sobre temas comunes a todos, para lectores videntes como mi propia familia que nunca hablaban del tema de la ceguera, pues me consideraban en absoluto normal e igual a ellos. Por eso, no es que yo mintiera exactamente cuando escribía sobre mi impresión de libertad al andar por las calles; sabía que mucha gente era feliz andando, saliendo al aire libre, y yo también lo era, a pesar de *mis límites visuales y corporales. Por aquellos días, a mis diecinueve años de edad el tema de la falta de vista no tenía tanta importancia para mí como llegó a tenerla después.*

\*\*\*

Introducir una llave en una cerradura me parece algo emocionante. Las sorpresas pueden estar dentro... en la caja de contenido desconocido o en la estancia que visitamos por primera vez. E incluso la estancia vieja y familiar podemos idealizarla desde fuera en este preciso segundo de tantos significados posibles en que escuchamos el sonido metálico de la llave girando, hacemos ceder la puerta al final y tenemos "paso libre" hacia el otro lado repentinamente. Yo, por unas extrañas aptitudes de mi imaginación exaltada, he pensado

que puedo encontrar mi piso cambiado con una decoración muy distinta. A veces, según la clase de día, he pensado que encontraría un grupo de gente animada esperándome... o un delicioso aperitivo sobre una mesita adornada con flores, si tengo hambre... o un solitario salón de lectura con cómodos sillones si me apetece descansar... Y a veces hasta tengo la impresión de que acabo de entrar en el piso de un extraño, en el de arriba al mío quizás por una ironía de llaves idénticas, y esa sensación de curiosidad, de ver cómo lo tiene todo puesto el vecino y cómo son sus muebles, me dura bastante.

Así, con mis juegos mentales siempre estoy un poco decepcionada después cuando compruebo una vez más que mi llave sólo me lleva al sitio de siempre. Pero soy feliz respirando el encanto de esos segundos de duda, imágenes múltiples y nuevas que podrían ser reales, si existiese una magia diaria capaz de cambiar continuamente las cosas inertes y de transformación imposible.

Una vez tuve una pesadilla, en que todas las puertas se abrían automáticamente con sólo empujarlas con un roce ligerísimo y todas las llaves habían desaparecido, o sea que me quedaba sin mis segundos de ficción. Creo que no podría acostumbrarme a eso. Una llave tiene un algo muy personal y expresivo de pertenencia y creación propia. Pero lo esencial es naturalmente abrir nosotros mismos y no dejar que nos roben este privilegio que es el placer de toda sorpresa como el desempaquetar un paquete muy bien cerrado con murallas de nudos, lazos y papel. Cuando alguien se anticipa y coge la llave antes que yo, noto una falta de emancipación muy clara y contundente, la realidad de mi impotencia. Alguien ha movido el resorte, la llave en mi lugar, y si esto sucede, ya no me atrevo a inventar por mi cuenta imágenes de dentro mientras entramos en el recinto conocido, en que otros abren la puerta y no yo.

Las esperanzas se agarran a nosotros de manera increíble; no, somos nosotros los que nos agarramos a ellas. Yo me agarro a mi llave. El que escribe infinidad de cartas creyendo que así le recuerdan más; el que deja sonar el teléfono mucho rato sin cogerlo, soñando mientras que tal vez sea una llamada importante; y esa felicidad mía de abrir una puerta con una varita mágica, también pertenece a ese género. Es la economía de un medio muy simple, una cerradura, una entrada, para conseguir un máximo de expresión.

***

A veces tengo complejos de superioridad, debo decirlo, pero moderadamente. Me llena la euforia de sentirme segura, fuerte y positiva en mis acciones, sin temblarme la voz, lo cual representa un gran apoyo, sin dudar ante mis decisiones, lo cual es como una culminación de mi agilidad de reflejos, y sin llorar cuando algo me sale mal. En verdad, soy superior a mí misma, al yo cotidiano que conozco, y por eso debo celebrarlo, felicitarme y bailar. Esas corrientes de fuerza psíquica que no es frecuente en mí, ese éxito y aplomo contra mi timidez acostumbrada, mis "buenos días" como los llamo. Entonces me siento alegre y vivir merece la pena. Es como si mi energía hubiese estado durmiendo y se despertase en un instante sin miedos. Nada resulta difícil. Los amigos escrupulosos de lo difícil, los guardianes que casi no me dejan moverme, tienen entonces una expresión casi infantil y poco temible. Todo lo que digo me parece acertado, mi autocrítica constante se desvanece. También los demás me observan con más atención y respeto, porque mi nueva intrepidez les sacude. Quisiera ser siempre así...

Entonces pienso en los seres que siempre están seguros de sí mismos. ¿No son ellos los más dichosos? Sin embargo, he conocido a varios más presumidos que realmente felices, algunos psicólogos agriados, por ejemplo, cansados de tener que ocuparse de nosotros, los inferiores. Los psicólogos son los que están más seguros de sí, imagino, pero de entre ellos también hay de serios y herméticos, de poca felicidad, aunque otros sí que son dinámicos apóstoles del bienestar:

-Ánimos. Hay que luchar.

Pero creo que esta droga maravillosa de la seguridad produce más alegría en nosotros, los inseguros y tambaleantes, los desequilibrados, los inciertos, portadores de días grises. Lo que vivimos poco, perdura más.

Los psicólogos dicen que debemos ser optimistas, para conseguir el triunfo. En cuanto a este optimismo de la seguridad interior, aunque no nos diese el triunfo, aunque sólo fuese un espejismo y siguiéramos equivocados, ignorados y mediocres como siempre... creo que la satisfacción en sí de sentirnos algo valioso, ya sería suficiente.

Por eso, cuando me creo superior e importante, quisiera celebrarlo ruidosamente. ¡Ya basta de ser humilde y confiar tan poco en mí misma y mi poder! De entre todos los goces yo elegiría éste. Estoy segura de que me gusta más que otros pues me alivia y me ayuda, este armonizar con mi ser y no sentir por más tiempo que he fracasado.

***

Había yo tratado a personas indiferentes que se desentendían de mí. Había sido una semana de confusión al principio y después de sólida, compacta angustia y sentimientos de pérdida. Por eso, aquellos seres nuevos que me tendieron la mano y me hicieron preguntas cálidas me llenaron de una satisfacción idílica, casi irreal. Fue como si un pintor me eligiera a mí precisamente, para inmortalizarme en un cuadro junto a atractivas criaturas. O como si todos me aplaudieran por un largo discurso que yo no recordaba.

A veces no estamos preparados para digerir un cocktail de amabilidad y simpatía. Sin embargo, sabemos inconscientemente que nos han llenado la copa, no han puesto sólo unas gotas para dejarnos pasar la vida muertos de sed, como muchos hacen.

El caso es que fue muy revitalizador. Todos eran jóvenes, efusivos y agradables. Había un calor recíproco y nadie se sentía extraño allí, lo cual contribuía a la paz general, porque un ser aislado tan solo ya es como un elemento de futura subversión peligrosa, una negra advertencia de que alguien no sigue a los demás. Cuando uno me dejaba, otro me recogía, quiero decir: metafóricamente, con alguna frase de interés sobre mi procedencia, mi edad, mis ideas. Muchos tienen muertas las fibras del entusiasmo, pero ellos no. No eran un grupo de intelectuales atormentados y pesimistas.

Esos seres van a mi carácter, me dije, suavemente libres, abiertos, sensitivos.

La lástima fue que tuve que marcharme pronto, cuando aún no conocía los nombres de todos; pero eso tampoco me habría servido mucho. Eran como las golondrinas, aves de paso, muy accesibles por un momento, pero si hubiera querido citarme con alguno de ellos, entonces me habrían descrito sus muchas ocupaciones, pues sólo disponían de un día al mes para encontrarse con el grupo. Cuando me desperté a la mañana siguiente pensé si habría sido un sueño... la cordialidad, los buenos deseos, el trato familiar. Pensé que quizás sería mejor no volver a aquel sitio donde había estado tan a gusto, dejarlo así. A veces estropeamos algo y somos menos felices al intentar repetir una experiencia. Sin embargo, no pude resistir la tentación y fui por segunda vez.

Es cierto que mis dimensiones muy idealistas sobre aquel contacto fueron originadas en parte por aquella semana de gran indiferencia, sequedad y poca amabilidad que yo había vivido. Pero aunque hubiese exagerado un poco, no dejaban de ser unos jóvenes agradables, y estuve contenta una vez más de haber conocido aquel lugar y aquellas reuniones muy acústicas en derredor de una mesa obedeciendo a una necesidad colectiva, la de charlar, tertulias sobre temas varios, comunicarse...

***

Tener un proyecto definido es una de las fuentes principales de la alegría. Para la persona variable lo es el idear nuevos proyectos a cada minuto y para la constante el ser fiel a su idea fija. Pero ambos se alimentan con las vislumbres del futuro así como los tesoros de la teoría, que son las divagaciones y conjeturas, y de la práctica, que son las primeras acciones. Por eso, cuando somos incapaces de planear en absoluto, nos invade la apatía y vivimos sin objetivos, entonces descubrimos la ausencia de una dicha fundamental para sobrevivir. Claro es que algunos también hacen proyectos fríamente, realizan empresas sin pena ni gloria, sin darle importancia emotiva y su interior se queda tan vacío como antes, pero en general, cuando se planea, se vive más intensamente.

Hay que poner todo nuestro potencial de concentración y las esencias de admiración e interrogación que poseemos.

-Lo conseguiré. ¡Será maravilloso! ¿Me saldrá bien?

Incluso los proyectos amargos de suicidio, de huir, deben producir como una sensación de descanso, de haber dado con la clave y al final saber lo que hay que hacer o al menos entretener la mente entre tanto a cualquier precio. Pero yo quiero referirme a los buenos, acariciadores planes que nos dan esperanza. Muchas cosas son difíciles y cuestan grandes sacrificios; sin embargo, hay días preciosos en que parece que las tocamos, cogemos ánimos y nuestra misión se nos presenta más determinada y clara. Es en esos instantes cuando nos hinchamos de luz y de una vitalidad que desarma.

La materia del proyecto no es importante en sí: empezar a estudiar algo, escribir un libro, ahorrar dinero para comprar algo, sacrificarnos por alguien, emprender un viaje... concentrar a los bailarines de nuestra atención en una danza prodigiosa de metas y ambiciones y ocupar nuestro tiempo más calculadoramente, con más estructura para avanzar con eficiencia en los diferentes estadios. Lo de menos también es si llegamos a realizarlo. Aunque tal vez en el juicio final de nuestras conciencias nos preguntarán, cuántos proyectos de los que ideamos tuvimos el valor o la torpe tozudez de realizar hasta el fin.

A veces gruñimos malhumorados ante lo incierto que producimos, pero en el fondo todos disfrutamos en el transcurso de estas invenciones nuestras que nos hacen creadores de algo.

Yo me alegro y libero indeciblemente cuando puedo escribir. Tal vez soy una artista mediocre. Todos nos preguntamos esto en determinados momentos de ineptitud y aniquilación; pero aunque mi obra lo fuese, mis sentimientos no son mediocres y tienen todas las características de los grandes.

Cuando empiezo algo, me siento transportada, voy ensimismándome, noto en el aire una transcendencia extraña y siento una prisa febril por llegar al final, pues el final es el que nos da la visión del conjunto y la fisonomía definitiva de lo creado. Es el paso más culminante, sin el cual no puede totalizarse nada. Podemos atascarnos en un punto, y entonces todo quedaría a medias, sin tener verdadero valor. A veces, el alma anarquista del artista vuela sobre la primera fase con gran velocidad, pero todos sus supremos destellos resultan inútiles si le falta la constancia para terminar su obra. Por eso tal ha sido siempre mi temor y obsesión: quisiera marchar atropelladamente a través de las extensiones largas, que abruman y hacen decaer el ánimo. Si me falta el entusiasmo, sé que la paciencia no es guardián seguro. Es odioso cuando tenemos que hacer un continuo borrador y repetir algo muchas veces, cuando nos angustiamos buscando la expresión de ideas iniciales que ya han desaparecido casi.

Mis proyectos actuales son los relatos que escribo y mi gran alegría es la fluidez, si salen sin esfuerzo, como canciones de cuna. Luego, al concluir algo siento una sensación de vacío, por haber perdido un trabajo que me gusta extraordinariamente; entonces se rompe mi tensión de profunda actividad y me quedo como sin recursos, buscando nuevos alicientes, el próximo proyecto. Esos son los momentos atormentadores del artista, pero también hay las grandes satisfacciones, cuando lo que escribo sale inextinguible como una lluvia torrencial y me parece aceptable, más o menos exacto y cerca de mi ideal, entonces no hay persona más optimista, asombrada y dichosa que yo, cuando no pienso en romper lo que he escrito, sino en acariciarlo, cuidarlo, contemplarlo y comunicarlo a otros seres. Es una felicidad inigualable cuando en algunos días todo surge fácil y ligeramente, quizás porque mi sentido de la belleza y autenticidad está más desarrollado que en otros.

A parte de mi obra en sí están las opiniones de los demás, las reuniones con amigos o con el público dándome un segundo ciclo de satisfacción. Allí les explico las inspiraciones recibidas y observo anhelante su reacción por cada una de mis frases. Y ¿para qué negarlo? me disgusto si hay críticas destructivas y me gusta verdaderamente que me feliciten y comprendan. Soy un poco como un niño implorando que lo atiendan y lo pongan en la calentita bañera de la comprensión. El mundo interior necesita de esas demostraciones exteriores. Por lo menos yo; nunca podría ser como esos artistas esquivos, autosuficientes, recluidos en su indiferencia e insensibles a la opinión ajena. Y con eso tengo una doble fuente de placer o de tristeza, pues cada uno de mis proyectos tiene esa doble dimensión: escribir algo y mostrárselo a alguien.

***

Me gustan especialmente esos días movidos, llenos de acontecimientos, en que la mente casino puede meditar y nuestra parte física va de un lugar a otro, de una atmósfera a otra. La reflexión ya viene después, y entonces podremos ver con sosegado análisis lo sucedido. Tal vez descubramos entonces que hemos actuado equivocadamente, pero el vertiginoso aturdimiento de la prisa y de la acción dinámica vale esa experiencia.

Me gustan pues esos días en que se juntan el trabajo intenso, una visita inesperada, una buena noticia y una alegre salida al mundo de las diversiones.

Aquel día habíamos celebrado algo, no recuerdo exactamente qué. Se habían cumplido las condiciones necesarias para que me sintiese contenta y un poco agotada, lo que probaba que me había ido bastante lejos de los rediles monótonos, y por eso tenía que pararme y respirar para coger aliento.

Pero era aún demasiado pronto para reflexiones. Estábamos en un café. Los míos comentaban la buena noticia o la visita inesperada. Recuerdo que el rumor de platos y tazas me pareció un ritmo curioso, como una música exótica. ¿Mencionamos tal vez el sensualismo de algunos ruidos, insignificantes a simple vista, los colores, la temperatura?

-Se está bien aquí -concluimos diciendo con un suspiro.

Brindamos por nuestro cumpleaños colectivo... por las fracciones de tiempo preferidas: la hora en que tuvimos más dinero... la hora en que tuvimos un amigo llamado... que parecía entendernos, la hora en que premiaron nuestro mérito de alguna manera. Estos días brillantes no deben pasar desapercibidos ni debemos dejarlos caer en el olvido.

## VII  Resucitar de un drama
### Javier López

Estaba yo demasiado sumergido en nuestros dramas familiares y olvidaba todo lo demás.

El proceso que voy a describir tal vez muchos no lo conocen. Sucede especialmente en los seres de carácter violento y apasionado que sufren alteraciones, que un día son muy optimistas, y al otro terriblemente pesimistas; que un día aman a los suyos, y al otro se ven incapaces de soportarlos. Estas personas no padecen el drama de la igualdad regular y apacible, sino que vibran y se queman en sus continuas fases de ciclos diversos. Así era Cecilia, mi mujer. Al menos son originales e interesantes, porque no están estáticos, pero resultan un poco terribles con sus conmociones teatrales. Un ser pasivo, de asimilación lenta, no puede vivir entre ellos o se convierte en el observador sobresaltado de los cambios de intensidad que tienen lugar y se pregunta cuál es el más verdadero y cómo acabará todo. Si viven en comunidad, navegan entre choques y reconciliaciones, entre momentos generosos y rencorosos, sometiendo sus espíritus a un estado de derrumbamientos y resurrecciones muy frecuentes.

Cecilia y yo, nos queríamos y teníamos parecidos gustos, pero eso no era suficiente. A veces nos ahogaban los problemas económicos y espirituales y entonces mi mujer rompía muchas botellas y vajilla en una crisis de nervios, o yo daba un fuerte portazo. Ella me acusaba de que nunca supe afrontar soluciones radicales. En realidad, yo no sabía expresarme muy bien y no me salían las palabras; lo único que deseaba, era huir, evadirme... Todo se hacía más soportable cuando estaba con los amigos, y de joven llegué a preferir tales contactos; pero en mi madurez necesitaba cada vez más el calor de la familia.

Intenté ser comprensivo entonces. Durante algunas noches tristes, consolaba a mi esposa cuando me decía que había perdido su juventud inútilmente y que quisiera nacer de nuevo y hacerlo todo distinto. Algo de esa nostalgia me llegaba a mí también, aunque en ocasiones teníamos un carácter juvenil y animado de envidiables recursos.

Cuando nuestros hijos se hicieron mayores, a veces tenían arrebatos, y entonces nos decían brutalmente que ellos "no nos habían elegido" y que estaban descontentos. La abuela también se quejaba: No le dábamos lo bastante para comer ni la cuidábamos en sus achaques y hasta le hacíamos pasar frío, sin calefacción. Su hermana, que también era muy anciana y no estaba muy bien de la cabeza se aliaba con ella para lamentarse. ¿Por qué no podía comprarse un vestido nuevo y recibir visitas?

Mi mujer gritaba histéricamente:

—Ya te compraste tres el mes pasado, y después no quieres llevarlos ni recibir a nadie.

A veces, las dos ancianas, familia de mi mujer, querían dejarnos y amenazaban con irse al asilo, con lo cual me indignaba terriblemente, pues hubiesen tenido que estar agradecidas de haberlas tenido siempre con nosotros.

Nuestro hijo Alejandro se negaba a trabajar y estudiar al mismo tiempo. Era muy perezoso, y tan pronto se colocó como vendedor, ya no quiso tocar ni un libro, por lo que siempre nos discutíamos. Una vez hasta le dí una bofetada y él otra a mí. ¿Por qué seríamos tan belicosos? ¿Vendría eso de mi sangre andaluza, gitana por parte de mi bisabuela materna? Pero la parte de mi mujer, procedente del país vasco, tampoco era mejor.

Nuestra hija Marta, que había sido nuestro orgullo durante años, se desequilibró totalmente un día tras la muerte de su perrito adorado y robó un collar en una joyería y esto dio origen a una serie de disgustos y escenas desagradables. Siempre nos echaba la culpa de que no tenía amigas, de que estaba muy sola y no encontraba novio, hasta que al final, con gran alivio por nuestra parte pudo conseguir atraer a Juan, el nuevo dueño de un quiosco donde ella solía comprar el "Hola".

A veces, uno de nosotros estaba de buen humor y los demás lo estropeábamos; o uno tomaba una apariencia de mártir silencioso para crispar los nervios del grupo. También podía ocurrir que uno se mostrase comunicativo y la charla se deslizase con suavidad, pero de pronto otro le seguía la contraria y ya se excitaban los ánimos. Nuestras discusiones no eran intrascendentes ni vagas, sino que tomaban matices de suma violencia, porque no quedaban ya barreras de delicadeza o hipocresía. Era imposible mantenerse neutral en aquellas peleas, y siempre se iba contra alguien, porque los otros nos utilizaban como instrumentos y siempre salían a relucir los viejos motivos... Alejandro y Cecilia iban contra mí, las dos abuelas contra Cecilia, Marta contra los dos.

A veces sentíamos una opresión gigante, como si ya no pudiésemos estar juntos por más tiempo y tuviésemos que separarnos para sobrevivir; soñábamos con salidas al mundo de los extraños y círculos ajenos al nuestro.

Sin embargo, teníamos instantes de gran unión. Llegado el momento, nos ayudábamos; intercambiábamos caricias y bellos detalles de curiosa armonía. Hasta las ásperas abuelas nos mimaban a ratos. Si alguien nos atacaba, formábamos un esqueleto unificado como los pólipos, un clan preparado improvisadamente. Cuando nos enfadábamos, teníamos remordimientos de conciencia y no estábamos tranquilos hasta que hacíamos las paces. Incluso llegábamos a ser mejor que otras familias. Marta, que iba a casarse pronto con un hombre de familia sosegada y equilibrada, encontraría la gran diferencia. Sería un sedante para su espíritu, era verdad, y lo necesitaba. Pero quizás les encontraría demasiado apagados y contenidos, sin nuestros fuegos artificiales del sentimiento y explosiones temperamentales. Quizás se aburriría y nos echaría de menos.

***

Creo que se me habría escapado una carcajada entre los llantos generales. Lo siento, era la primera vez que me sucedía y nada más lejos de mi intención. Era porque precisamente de pronto lo encontré grotesco tanta tristeza extrema y tantos infiernos desencadenados, las expresiones dramáticas, los gestos de final tremendo... Me sentí confuso y conmovido ante tanta desgracia, pero como un espectador incrédulo y poco convencido de la calidad del espectáculo. Recordé que unas horas antes habíamos tenido una apariencia más o menos normal entre tensiones y alivios pasajeros.

Me sentí seguro de una cosa: los dramas no podían durar, lo sabía. Aunque se reproducían después al cabo de algún tiempo. A la mañana siguiente, resucitaríamos... despertaríamos intentando suavizar la expresión de lo vivido... y sentí un placer extraño al pensarlo. Ya no creía en los dramas; sólo estaba allí, esperando que pasase aquella hora. Experimenté ya mi resurrección, mientras los otros seguían en plena tragedia.

Yo era un inadaptado sin duda a la nueva situación, porque me había quedado mirando como hipnotizado la anterior. No acababa de darme totalmente a las circunstancias excesivas, terribles y ruidosas, ni a la potencia del grito y de la lágrima. Me sonaban a cosas irreales. Un montón de prisioneros encadenados y hambrientos habría sido una realidad de drama, pero lo nuestro era un pasatiempo amargo, de invisibles dolores psíquicos.

Me hubiese levantado y les hubiese dicho con mi cínica risa:

-Parad de una vez. Todo es innecesario, no sirve... ¡Mañana resucitaremos!

Entonces habría parecido que estaba loco, porque los poderes momentáneos siempre quieren sonar a definitivos, y por eso me callé. No deseaba que mi locura hiciera todavía más grotesco el drama; y aquellos actores, sinceros aunque fuesen transitorios, no dejaban de inspirarme compasión.

En efecto, a la mañana siguiente todos nos despertamos con ligereza; nos dimos los buenos días; intentamos borrar el mal sabor explicando una sátira sobre nosotros mismos. En fin, enseñamos nuestros mejores sentimientos y nos reunimos a la mesa para celebrarlo.

La persona que ha pensado en suicidarse y de pronto lo olvida, y respira esa nueva alegría de vencer obsesiones perversas, ha resucitado como resucitamos nosotros.

Entonces me sentí igual que un profeta feliz. ¡Resucitar de un drama! ¡Qué satisfacción poder contarlo una vez más!

## VIII  Protección
## Juana Martínez

Aunque España era un país muy católico, existía la pena de muerte y muchos fueron ejecutados. La policía tenía una actitud represiva y violenta cien por cien contra manifestaciones y huelgas. Era una atmósfera de terror. Mi padre había muerto por la causa republicana y a veces me preguntaba si yo como su única descendiente había quedado fichada en alguna parte, aunque nadie me perseguía.

Me invadía una extraña noción de peligro, como si estuviese en plena noche en un lugar de animales terribles o de bandidos que podían asaltarme – o como si me hallase en una revolución oyendo el estruendo de las bombas y las voces, mientras un montón de jóvenes rebeldes me decían que yo también debía hacer algo.

El peligro era una cosa resbaladiza y sutil; me sentía como si esperase un acontecimiento decisivo y los jueces de lo decisivo estuviesen cerca de mí observando mi conducta.

Pero no, debía centrarme en lo actual. Estaba en mi cuarto silencioso y era de día. Tal vez mi sensación de temor se había originado por causas muy cotidianas. El mal humor y la agresividad de mi jefe, que me miraba severamente con sus ojos de viejo gruñón y vigilante taimado... Ya debía haberme acostumbrado a eso y sin embargo, el ruido de sus gritos parecía como si fuese a matarme. Por fortuna, de vez en cuando venían mis encuentros con Elio. Elio era un buen amigo, que me daba la mano efusivamente y me preguntaba si había aguantado mucho en el trabajo y qué proyectos tenía. Ninguno de los dos formaba grandes proyectos, y creo que él era más bien pasivo, insignificante, un poco atemorizado como yo. Pero cuando nos olvidábamos de esto, a veces nuestra amistad adquiría una nota excitante de romanticismo. Quizás algún día me pediría que me casase con él y la idea en ocasiones me complacía y en otras no.

Después, tras la agresividad o la amabilidad de alguien yo siempre debía volver a mi habitación solitaria. Sin duda, éste era el gran peligro: quedarme allí con todo mi cerebro libre para pensar en peligros.

Hacía ya tiempo que me venía ocurriendo y aquel día más... Probé de comer algo rápidamente e intenté distraerme arreglando un poco la estancia. Pero me quedé como paralizada delante de la ventana. ¡Podían suceder tantas cosas! Podía morirme de soledad y desgana por todo. Podía ser atropellada por un coche o un autobús al salir a la calle. Podía ser detenida si por un descuido, un ataque de locuacidad incontrolable me delataba ante la vecina de al lado y le decía: "El discurso de Franco ha sido aburridísimo, como siempre" O: "¡El himno nacional es tan feo y lo ponen continuamente!" El jefe podía gritarme aún más fuerte diciendo: "Srta. Juana, es usted la persona más lenta y torpe del mundo." Esta última idea me hizo palidecer.

"Soy igual que una niña cuando me asustaba por lo más mínimo, sin embargo, ahora ya tengo 27 años."

Todo eran peligros, peligros... Me senté sobre la cama y deseé agarrarme a alguien y pedirle socorro con todos mis poderes mentales, para que el mundo del auxilio acogedor tomase forma definitiva y me envolviese protectoramente. Pensé primero en el Creador, del que había oído hablar tantas veces como el gran Dios del apoyo; pedí a la ilimitación celestial que apartase de mí los pesos terrenos. Pero me temo que mi idea de la protección necesitaba seres más humanos, como yo misma, de aspectos concretos y conocidos, seres a quien yo hubiese tratado en alguna esquina de mi existencia, con ojos... con sonrisas de labios gruesos o finos, de cabellos rubios o morenos.

Entonces recordé a las personas de mi familia que habían muerto. Quizás sus espíritus podrían protegerme y ayudarme enviando mensajes de murallas y de puertas blindadas, tras las que yo pudiera refugiarme contra mis agobios indescriptibles. Sentí una momentánea ondulación de corrientes benignas. Intenté reforzar las imágenes casi borradas: cuando era pequeña y ellos me acariciaban las mejillas, tranquilizándome.

-No pasa nada, no pasa nada –me decían.

Pero esto formaba parte de mi pasado, me oprimía aquel matiz de lejanía y casi divinidad que tenían los que ya no estaban... Yo buscaba agarrarme a algo más presente, real y accesible. Entonces recordé mis encuentros con Elio tan sedantes y pacíficos. Él estaba de verdad, sin obstáculos, y yo también estaba.

De pronto Elio se me apareció como la imagen de la protección, alguien en quien poder reposar mi cuerpo y mi mente. Mi pensamiento lo encontró por fin e imaginé uno de esos cuadros idílicos: Él me cogería entre sus brazos y yo apoyaría mi cabeza en su hombro llena de una confianza total. Él me diría:

-¿Qué proyectos tienes? Tendremos que hacer lo posible para realizarlos. Vamos, ¿qué es lo que temes? Aquí no hay ni bandidos, ni animales, ni policías, ni malos tratos. Sólo estamos tú y yo juntos.

Y el amor haría retroceder todas las tinieblas, o tal vez no era exactamente amor, sino la necesidad de que me mimasen y me cuidasen en mis crisis depresivas. Tal vez las naturalezas débiles como la mía, azotadas por el pánico con facilidad, sólo podían amar así. De cualquier manera, sería hermoso que mi único amigo siempre estuviese a mi lado, pensé, movida por un creciente y singular afecto a toda su persona.

A la mañana siguiente, o al cabo de unos días cuando Elio y yo nos encontrásemos, yo le diría riendo:

-¿Sabes? Has sido mi protector durante un día, en que tuve mucho, muchísimo miedo.

-¿De veras? —exclamaría mi héroe-. Y ¿te he salvado de algo?

-Sí, me has salvado...

-Entonces, ¿fui invencible contra todos los peligros?

-Sí, fuiste invencible —repetiría yo con un énfasis agradecido.

-Lo celebro. Me hace muy feliz si he conseguido inspirar alguna idea de seguridad y valentía en alguien. Ven a verme, siempre que tengas miedo, y también cuando no lo tengas.

Y mi joven protector que me había salvado, quizás tan débil como yo, suspiraría con infinito alivio muy cerca de mí.

## IX  Medias jornadas
### Ernesto Iglesias

Descansé mi cabeza en el respaldo del sillón y pensé en mi día libre. Aquella mañana estaría con mi familia, acariciaría a mi mujer, Elvira; jugaría con los niños pequeños; me interesaría por los proyectos de mi hija Lurdes, que ya tenía 15 años. Les llevaría a dar un paseo; me mostraría muy paciente y formal. Y al llegar la tarde, me iría por mi cuenta.

Siempre me gustó compaginar los dos mundos. No hubiera podido vivir sin el hogar y sin lo otro. Necesitaba aquella rutina de dividirme en dos.

Elvira debió adivinar mis pensamientos, porque murmuró:

-Siempre nos dedicas mitades: media jornada, media vida! Quisiera saber qué haces con la otra parte...

Su tono era sereno, pero no por ello menos alarmante. Procuré no darle importancia.

-Debiera halagarme, querida, saber que desearías tenerme cerca de ti a todas horas.

-Ya que estás lejos, al menos saber donde estás.

-¡Ah! Hablas como mis progenitores. Ellos también me miraban igual que si hubiese cometido un crimen. Yo les daba mi tiempo y ellos me decían que no era bastante: "¿Qué haces con la otra parte?" Todos sois unos absolutistas y queréis aprisionarme.

-¿Por qué te casaste entonces?

-No lo sé. Supuse que serías inteligente y no me harías las mismas preguntas absurdas. Por favor, querría pasar un día tranquilo.

-Una mañana, querrás decir; de lo otro no respondo...

-Eso es...

Creí que había terminado, pero no.

-Algunas veces, trato de aadivinar qué es lo que haces. ¿Frecuentas una de esas reuniones secretas de espiritismo o espionaje político? ¿O quizás tienes una amante, una mujer de ojos hechizadores que se interpone como una sombra entre nosotros? ¿O simplemente, te sientas solitario y meditabundo en un café a leer el periódico y de vez en cuando quizás encuentras a un compañero de tu juventud que te comprende?

-Es delicioso el hecho de que pienses tantas cosas sobre mí. Así soy menos vulgar.

Quise proseguir como un cínico, pero luego acabé como un realista agriado diciendo:

-¿Es que no me merezco unas horas de libertad después de haber estado trabajando toda la semana?

Elvira se levantó pausadamente y dijo:

-Tienes razón. Sin embargo, no eres capaz de sentir nada entero. Estoy cansada de vuestras mitades. Todos me dedicáis esa media jornada irritante, llena de prisa y descuido.

Los niños van al colegio y tienen sus juegos, Lurdes piensa en los deportes y en sus proyectos, y tú, no lo sé... En cambio yo tengo que estar en casa todos los días, como si fuerais el centro único, esperando un gran momento en que al fin yo sea lo esencial, buscando la intuición breve de una totalidad recíproca.

Elvira adquirió una voz juvenil y animada de pronto, mientras añadía impulsivamente:

-Pero se acabó. Yo también puedo hacer lo mismo; mi vida no ha de terminarse sólo porque me casé. Uno de estos días me iré por mi cuenta y tú no sabrás adónde me voy. Luego, regresaré con esa sonrisa de contemporizar que tienes algunas veces, de haber estado en muchos lugares...

***

Aquella mujer fumó su quinto cigarrillo; fumaba demasiado, me dije, pero resultaba atractiva. Sobre todo era agradable la variedad de la situación: no oír a los niños ni a Lurdes. Después ya les vería con renovada ilusión, pero ahora prefería la contemplación de aquella mujer, a quien casi no conocía. Elvira no podría decir que mis aventuras fuesen serias y transcendentes; duraban poco. En el fondo yo la amaba a ella, apacible, irónica, jovial, saliendo de sus palabras: "Mi vida no ha de terminarse porque me casé." ¿Qué había querido decir? Yo era un hombre corriente, como muchos. No podía gastar todo mi tiempo en el trabajo y la familia; mi esposa debía aceptar las fracciones que yo le ofreciera. Sí, ya sé, las mujeres lo llamaban el machismo español de la época de Franco. Ella dependía de mí para todos los papeles y autorizaciones, el divorcio no existía. Los hombres se iban al bar o visitaban a su querida y las mujeres decentes se quedaban en casa o se iban a la iglesia. Pero yo no era un machista empedernido, sólo quería un poquito de libertad, pues estaba harto ya, aprisionado por tantos deberes y restricciones de todo tipo. Por ejemplo, uno de mis grandes miedos era dejar a Elvira otra vez embarazada.

La mujer casi desconocida murmuró:

-Pareces muy abstraído, inalcanzable, como si estuvieras en otra parte.

-Sí, yo siempre doy las cosas a medias... es mi naturaleza -exclamé-. Pero tú no me pedirás más ¿verdad? Hemos de estar alegres, una parte alegre por lo menos. ¿Lo entiendes?

-No muy bien.

Cuando llegué a casa, vi con sorpresa que Elvira no estaba; había ido en busca de lugares... Entonces descubrí que su pretensión de unión total conmigo ya se había desvanecido, y no supe si sentirme liberado o inquieto, porque desde entonces ella sólo iba a dedicarme "medias jornadas"...

## X  La mitología del placer
### Rosalía Contreras

Mi madrina Fernanda solía decirme que el placer era como un mito, un juego de nuestra imaginación para crear algo. Por esto, mi abuelo que ya no tenía imaginación, últimamente disfrutaba poco y se había convertido en uno de esos destructores de las leyendas, que quieren probar si los héroes existieron o no. Para mí en cambio, los héroes eran reales e indudables. Yo habría dividido los Dioses del placer en tres clases: las esencias, los objetos y las personas.

Sin las esencias, nada hubiera sido posible: la esencia de la atracción, de la sorpresa y del despertarse vital; pero las personas y las cosas resultaban más tangibles. Yo conocí a los Dioses de los objetos, que no tenían vida, pero que llevaban en sí mezclados los orígenes de los gustos y los suspiros de las épocas... Aquella cajita de música, aquella muñeca, un vestido de color azul, un libro que solía leer. Me gustaban los cajones llenos de papeles, y el placer de apoyarme en una mesa es algo que todavía conservo, el placer de tocar una tacita de café con una forma redonda de recipiente abierto.

La descarga visual y táctil de los objetos me llenaba de algo... Pero más intensa todavía era la vibración de las personas, cuando la mitología del placer tomaba la forma de rostros, ojos, manos y voces...

Mi abuelo no podía comprenderlo, porque no tenía imaginación, pero incluso hablar con él, con los incrédulos, llegaba a representar una satisfacción para mí, mientras sentía mis divinidades diversas animándome. Y la figura de mi padre, que escasamente venía a vernos y mi madre, que se arreglaba mucho para ir a su trabajo. En casa al Dios del descanso todos le prestaban una gran atención y cuando papá volvía de sus viajes, yo debía deslizarme sin hacer ruido; pero ellos no lo llamaban un placer, sino una necesidad. No tenían imaginación.

Mi mito se vio destruido muchas veces, sin embargo, también fue secundado y más potente, cuando conocí a varias personas.

Aquella muchacha contaba cosas nuevas y originales, ese era su atractivo. Yo estaba intrigada y el estarlo era una manera de gozar de aquellos laberintos. ¿Qué va a decir ahora? pensaba. Como resultaba tan imprevisible y genial, a veces me agotaba un poco y me producía también algo de tristeza.

Aquel señor elegante y casi perfecto me causaba una especie de admiración burlona. Y aquel joven materialista que quiso conquistarme de una manera demasiado rápida me dejó algo de vértigo.

Eran impresiones sueltas de cierto valor que podían definirse como interesantes.

Pero luego un día... apareció el Dios central, superior... humano y verdadero, aunque al principio le creí un hombre corriente.

Caminó lentamente y tomó una bebida. Parecía intranquilo, como si hubiese olvidado alguna idea en algún lugar sin cerebros. Habría algo grande en ese gesto, pues se me quedó grabado. Nunca se me había ocurrido que hubiese gestos grandes y pequeños. Recordaba más las historias y los motivos que los ademanes, pero a partir de ahora fue diferente.

Después, comencé a tomar afecto a los objetos que él usaba: su pluma, su cigarrillo, su vaso. Yo los habría cogido, acariciado y besado rápidamente; me gustaban, porque no podía preguntarles, ni ellos podían contestarme, quitarle misterio a la gravedad de aquel sentimiento. Sólo sabía que hasta entonces yo había separado el mundo de las personas y el de los objetos como distintos, y ahora se confundían entre sí y se conectaban estrechamente. La misión definida de los objetos no era sólo traer suspiros de mis épocas, sino las huellas de alguien, el contacto indirecto que yo intentaba aproximar hacia mí.

Al fin me atreví a mirar a mi Dios directamente y dije:

—Soy feliz a tu lado.

-Lo celebro. La alegría es mutua.

No sabía bien qué clase de sentimiento era éste, pero aquello dejó mi mitología completa y unificada. Y se juntaron las personas, los objetos, las esencias... Todos parecieron cogerme la mano en un segundo y decirme:

-Estamos aquí. Él es el autor. Contémplalo y quédate con todos.

Mi abuelo ya no podría destruir mi mitología con su aire fatigado, aunque aquél fuese el 5ltimo de mis placeres...

## XI Envidia
### Salvador Cuenca

Los americanos han vuelto a prestar una enorme cantidad de dólares al gobierno. Se está vendiendo al país, pues son créditos que no podremos devolver jamás. Y la mayor parte de los españoles no se beneficia con ello. Por lo menos yo no. Siempre quedo como el envidioso de la película. Envidio ahora furiosamente a esa minoría de franquistas privilegiados que se queda con todo y derrocha a manos llenas los dólares prestados.

Temo que para mí la envidia ha sido la base de muchas cosas y no podría darle el calificativo de sentimiento feo e irracional. Significó mucho más. Para mí era como una necesidad de superación y en la mayoría de los casos una impotente noción de injusticia dirigida contra algo, un descontento casi social más allá de lo individual, como si en mí estuviese concentrada toda una época. Y al pensar en la envidia, recuerdo a las cuatro personas que he envidiado más en mi vida.

Recuerdo a aquel muchacho inteligente, cargado de sabiduría, que yo conocí cuando era un niño inculto de familia pobre y solía pensar para consolarme: "Le perseguiré, hasta que me cuente cómo sabe tantas cosas. Quiero que seamos iguales." Entonces empecé a devorar muchos libros, porque él me indicó que era el único medio de acercarme un poco a sus conocimientos, aunque no a sus dotes innatas. Sentí un gran alivio cuando se marchó y ya no volví a verle más. Ya no tendría que comparar dolorosamente, comparar... una terrible costumbre que había adquirido y que mis padres, encerrados en su simplicidad y atemorizados por la palabra "pecado" no se atrevían a hacer.

Durante mi juventud envidié a aquel hombre más atractivo que yo. Lo siento, no podía evitarlo. Él llevaba del brazo a una muchacha que yo había mirado de lejos durante meses, adorándola poeticamente. Y también envidié más tarde a aquel viejo forrado de dinero que hacía viajes de placer y compraba muchas cosas a sus nietos, que eran unos niños mimados despectivos, repulsivamente traviesos y llenos de pretensiones. ¡Todo era muy injusto!

Por último, envidié también a mi vecino, un hombre a quien encontraba con frecuencia y a quien veía prosperar paulatinamente. Había cambiado, y tenía una mirada presuntuosa como diciendo:

—Yo he aprovechado el tiempo y tú no. Y eso que intentabas ser inteligente, ser atractivo, ser rico... Vosotros, los que quereis (queréis) cambios sociales, miráis mucho, vagáis sin comprender y no aprovecháis el tiempo. Para ti los hombres representan como una gran alegoría y cada uno personaliza una cualidad; yo puedo representar la del oportunista adaptable, bien situado exteriormente a costa de lo que sea, de hacer trampas, de encubrir a los poderosos, de no comer casi.

Aquel día me encontré con el dueño de la mirada temible, y lo lamenté, porque me puse de mal humor.

—Nada va bien —le dije francamente—. Por fortuna, no tengo a una familia que arrastrar, a quienes legar mi mala suerte.

—Nosotros en cambio, tenemos una buena época —dice el vecino con tono dulzón y agradecido, como ante su confesor—. Nuestros hijos ocupan buenos cargos ya sabe, y nosotros tenemos una fase de descanso que ya nos merecíamos. Hemos comprado un coche y un piso nuevo. Mi esposa está muy contenta, y además, este verano nos iremos a algún lugar agradable.

—Lo celebro —exclamé con una sinceridad impura, quiero decir, que se hallaba mezclada con a sombras de resentimiento.

Yo también merecería una época de descanso, pensé, y me dije que si algún día lo conseguía, no iba a gritar ruidosamente mis ventajas a nadie, para que no se diesen cuenta... para que no sintiesen aquella envidia triste e inútil que yo había sentido.

A la mañana siguiente estuve a punto de encontrarme con mi vecino otra vez (era terrible no haber podido cambiar de barrio en toda mi vida). Pero experimenté una gran alegría, porque pude pasar de largo y esquivarle. Había huido de él...

## XII Maldad sentimental
### Ursula Campos

La mujer que me había visto nacer se quedó asombrada mirándome, como preguntándome si era realmente yo. La mujer que me había visto nacer creía tener poderes sobre mí por aquel simple hecho de la antigüedad de trato. Me irritó leerlo en sus ojos, así como aquella tendencia a juzgarme.

-Mi querida Ursula -exclamó-. Jamás pensé que volveríamos a vernos. ¿Qué edad tiene ahora?

-Treinta años -dije.

-Yo en cambio, ya soy muy vieja, porque ha pasado mucho tiempo... Usted ha estado fuera y acaba de llegar de extraños mundos. Su madre no me ha contado muchas cosas agradables de usted. Sé que ha cometido malas acciones.

Procuré no inmutarme ante aquel principio de abierta censura y expliqué casi didácticamente:

-La maldad como la bondad sigue una composición de elementos imprevisibles. Creo que no hay totalidades en nada y que todo se mezcla. Recuerdo una vez cuando intentamos analizar la obra no sé de qué autor entre varios alumnos. Queríamos darles calificativos a los personajes, dividirlos en buenos o malos, según su conducta. Pero la obra era demasiado complicada, de doble filo, o al menos a mí me lo pareció y no supe definir quién era el mejor o el peor. El que la mayoría de los alumnos señalaron como el más malo lo encontré humano, y el que calificaron del más bueno realmente no se merecía tales elogios. Desde entonces no comprendo la diferencia entre esos dos conceptos tan usados, quizás el autor tampoco.

Mi vieja oyente pareció asombrarse de nuevo.

-Habla usted muy bien, Ursula. ¿Dónde ha aprendido a hablar tan bien?

-Sin duda en el país de los malos. Los malos emplean buenos vocabularios y los venenos suenan dulces a veces. ¿Lo vé? Los dos principios están muy unidos.

La mujer que me había visto nacer carraspeó con cierto embarazo y dijo:

-Tal vez cometió usted errores de juventud, ligeras picardías inofensivas.

-No, fue más que eso. Soy muy egoísta, no puedo coger afecto a las personas, y si alguna vez lo hago no dura mucho, porque yo soy lo único permanente. Al principio me daba cierto reparo y tomaba con fuerza las manos de las personas amigables, para tratar de convencerme de que les amaba; pero no, ellos no tenían importancia. Sin embargo, muchos filósofos dicen que el egoísmo no es tan malo; así no perdemos el yo en el intrincado laberinto de los otros.

-¿La ha oído su madre expresarse así? ¡Oh, me figuro que debe estar escandalizada!

-Claro, por eso dio tan malos informes de mí. Mi madre no está segura de nada. También quisiera ser egoísta como yo, pero no puede serlo. La acostumbraron a sacrificarse por los demás y pedirles algo también a cambio. Yo le aconsejo siempre que viva para realizarse a sí misma, y a usted también, doña Paula. Nunca es tarde si aún les quedan algunos años. Pero debiera serme indiferente después de todo. Éste es otro punto digno de reflexión: Hay atmósferas que nos llevan a la inevitable indiferencia o indecisión. La indiferencia no es más que una indecisión automatizada, premeditada, que nos impide actuar, y a veces puede ser buena o mala según los casos.

-Es usted una niña desagradecida –exclamó la mujer que me había visto nacer-. Me parece que su gran ventaja ha sido encontrar a personas muy diferentes a lo que es usted.

-Si se refiere a personas que no me amaban, también encontré a muchas y casi que las abrazaría y les diría: "Sois egoístas igual que yo y os desentendéis de mí, por tanto no debo tener miedo ni agradecer favores de ninguna clase."

-Pero puede suceder que un día se enamore de un egoísta y entonces le necesite y sufra por ello.

Aquellas palabras me dejaron pensativa. Sí, la verdad era que me hubiese gustado llorar por alguien, aunque sólo fuese por una maligna curiosidad. Yo no sabía si la curiosidad era mala o no, ni si lo era el llanto o la risa. Aquellos dos principios siempre habían de confundirme.

Pero tal vez mi maldad era un poco sentimental, vulnerable y débil como un niño inocente, y con frecuencia quería parecerse a la bondad durante unos segundos. Mi madre era taimada y poco noble, había dado malos informes sobre mí. Pero yo no era maligna del todo ni mi mala reputación estaba justificada. Sólo me había ido y la había olvidado. Sin embargo, eso lo hacen muchos hijos. Por lo demás, no había robado nada, ni caído en la prostitución o las drogas, ni me había casado con un viejo rico por su dinero. Eso sí, había hecho algunas cosas raras, de las que ella no llegó a enterarse; de haberlas sabido, aún me consideraría más mala : tuve un aborto, porque el niño hubiese nacido en muy mal ambiente; bebí demasiado una vez para celebrar mi cumpleaños idiota; atropellé a un perro sin querer y ésto último me hizo más detestable ante mis ojos que todo lo anterior; cambié de nacionalidad; olvidé una parte del ave María que había dicho tantas veces de niña automáticamente en el rosario diario; dí una inyección terminal a un paciente que me la pidió, porque sufría indeciblemente.

-Ustedes viven juntas, mi madre y usted ¿verdad? -pregunté a Paula Sotelo-. Dele saludos de mi parte. La mayoría de sus sacrificios fueron en vano, pues no puede estar orgullosa de mí. Dígale que algún día vendré a visitarla, si es que ya no es demasiado tarde.

En el fondo, ellas no querían verme, ni yo tampoco a ellas. Prefería estar sola y crear con mi fantasía mundos que no existían. ¡Ah! Dejarme arrastrar, arrullar por una música indescriptible: ternura, desinterés, altruismo, nombres que sonaban vagamente, que quizás eran malos también, pero que me hicieron quedar como perpleja, adormilada y feliz durante un momento. Como si aquella mujer que me había visto nacer hubiese desaparecido ya y los reproches y el mundo de los egoístas también. Se despidió de mi secamente y yo me dejé caer en mi maldad sentimental, que era como olas de mar cálido y tierno e infancias lejanas, nunca vividas.

## XIII  La sombra del otro problema
### Fernando Cortés

Habíamos hablado del primer problema abiertamente, lo habíamos rodeado en infinidad de conversaciones, porque era algo que podía concretarse con palabras, monólogos cuando hablaba conmigo mismo y diálogos cuando caían las briznas del problema sobre varios sujetos. Pero había otro problema del que no hablábamos jamás, pero cuya sombra yo advertía inexplicable y tenazmente.

En realidad, el primer problema había tomado formas muy diversas y yo no sabía si debían producirme alivio aquellas variantes, porque, tanto podía ser que hubiese disminuido como que hubiese aumentado en su transformación. Siempre nos hizo un daño relativo a las épocas en que sucedió y fue desarrollándose cada vez más.

Nuestra hija Eleonor entró en la habitación con su aire de persona sensata. Nos acarició a mi mujer y a mí distraidamente y dijo:

-Mañana vendrá una amiga mía a casa. Es una amistad superficial, ya sabéis. No debéis contarle ninguno de nuestros problemas. A los extraños pueden resultarles pesados a simple vista.

Mi mujer pareció indignarse ante aquella advertencia.

—¡Cualquiera diría que siempre estamos explicando cosas desagradables! Hemos aprendido a ser reservados, como todo el mundo.

—De acuerdo. Sólo os prevenía. Es una muchacha muy "vacía" y no entendería nada...

Pero yo ya no escuchaba la conversación de las dos, sino que me había quedado como transportado, como si el solo nombre de problema bastase para influir en mí y para que se me apareciesen todos juntos. El primer problema, transformado, corregido, más perfecto o tal vez más primitivo llevaba un largo séquito de otros problemas y sombras de conflictos inarticulados pero existentes, agazapándose sobre mí.

Entonces recordé cuando era niño y estaba obsesionado por mis padres que también tenían muchos problemas. Después ya empecé a tener los míos propios y empecé a mirarme con cierta compasión. Aquel maestro que me trataba de un modo severo y rígido y aquel compañero de juegos que siempre se escapaba del control y se iba por su cuenta; yo en cambio, no podía hacerlo. Después, cuando joven me costó situarme mediocremente, y después de haber estado centrado en mi trabajo únicamente durante mucho tiempo me vino, retardado, pero con fuerza una especie de complejo sexual alarmante. Necesitaba gustar a las muchachas más que nada y poseer con cuerpo y alma a una novia que no se marchase como las anteriores.

Luego me casé y tuve que luchar con la familia de mi mujer, especialmente con un cuñado entrometido que se interfería en nuestros asuntos. Ella también se enfadó con mis padres y éstos me dijeron:

-¿No tenías ya bastantes problemas que aún te has buscado más?

En la actualidad estas cosas se habían calmado, pero ahora teníamos la tragedia de una hija menor inadaptada, inconsciente, vanidosa que nos iba a dar un disgusto terrible algún día, debido a su desequilibrio nervioso bastante grave y a que no era muy agraciada físicamente. Y ahora nuestra otra hija, la más sensata y fría de todos, pretendía quitarles la existencia a "nuestros problemas", que eran lo más real e innegable del mundo... Por ejemplo, los problemas históricos y políticos: El problema de que mis padres, mis hermanos y yo llegamos a padecer hambre durante la guerra civil y después durante la segunda mundial y el bloqueo económico que siguió; esto pertenecía ya al pasado, pero tenía también una repercusión presente, sí, el hambre... de modo tal que siempre comprábamos cantidades enormes de comida por un miedo exagerado de quedarnos sin, nos llenábamos demasiado de alimentos hasta que nos dolía el estómago y si algo se nos estropeaba, pues nuestro frigorífico no era muy potente ni grande nos poníamos enfermos de pena, intentando a toda costa salvar lo que aún era comestible. Y luego había otro problema, el de mi minusvalía que había traído de la guerra, la cojera de mi pierna izquierda y las dificultades con mis pulmones que nunca sabían acumular el aire suficiente y respirar con habilidad. Y después estaba el problema político de mi pensión que sería muy mínima cuando me jubilase, por haber pertenecido al bando de los vencidos y haber trabajado como funcionario todos los años que duró la república. Éstos no me valdrán nunca, si no cambia el régimen.

Volví a oír la voz de Eleonor entonces:

–Sé lo que estás pensando, papá. Por favor, no nos cuentes la historia de tus problemas... o del "primer problema" como tú lo llamas, obedeciendo a un curioso espíritu de división. La verdad es que yo también tengo los míos y no los cuento a todas horas. También podría llegar a ser peligroso... si hablas demasiado de la guerra y alguien nos delata.

–Sí, Eso es un problema igualmente –murmuré–. Todo lo es, incluso esta falta de cariño por nuestros recuerdos y sufrimientos que te tomas como una comedia aburrida. Nuestra historia y sus raíces no te interesan. No son tus amigas, eres tú misma quien se contenta con esta forma más cómoda de aceptar lo de ahora y no querer recordar, ni ahondar en un pasado diferente.

Y una vez más, como siempre cuando podía definir mis problemas, y los de otros, y darles una frontera de expresión, me sentí más tranquilo y hasta feliz.

Pero después había la sombra del otro problema, pensé de pronto, el segundo, el inconcreto, del que no habíamos hablado jamás y que sin embargo, estaba sobre nosotros. Lo había notado otra vez y no sabía bien lo que era. ¿El que mi vejez ya se aproximaba? ¿Futuro? ¿Me moriría pronto tal vez? Una eternidad

impenetrable me aguardaba. ¡Ah, aquello no podía llegar a definirse y dolía doblemente por este motivo!

## XIV  Sensibilidad monotemática
### Cerlia Vermejo

Creo que la biografía de la sensibilidad podría dividirse en períodos: la historia del nacimiento, la de la transformación, y la del agotado reflejo final. Yo había conocido a muchas personas insensibles y me preguntaba si habrían pasado por estos períodos.

En cuanto a mí, al principio me conmovía ante todo y después sólo llegué a conmoverme ante algo... una cosa sola, muy delimitada, un monoteísmo de lo sensitivo, tal vez porque mi esfuerzo de mirar a todas partes ya no habría podido resistirlo más.

Al principio, yo tenía una vida interior muy diversa, sumergida en toda clase de presiones exteriores, interrogativos, deseos, esperanzas, las fibras de la decepción; pero cuando las decepciones llegaron a ser muchas, me pareció ridículo seguir observándolas a todas como un niño desprevenido y asustado; sin embargo, como me sentía incapaz de no sentir nada, entonces pensé que la mayoría de las cosas no tenía importancia y que sólo una debía importarme. Cogí a un individuo, un episodio, el único que tendría el poder de conmoverme y al que prestaría toda mi atención.

¡Fenómeno extraño éste de centrar la sensibilidad en un punto único! Quizás aquella imagen repetida y fija no me haría tanto daño como las otras imágenes cambiantes.

Cualquiera de los insensibles, viéndome a simple vista, habría dicho que era igual que ellos. Los temas más graves rozaban mi estancia emotiva sin aniquilarme; en todo caso era un aniquilamiento de gran estabilidad; no compartía los problemas de nadie, ni tenía entusiasmo

por los contactos presentes.

Pero yo aún sentía algo... Todos los sentimientos estaban allí reunidos apasionadamente con vehemencia e intensidad. Además, aquella idea no había sido cerebral; quizás yo no había elegido aquel individuo, aquel episodio, sino que ellos se habían apoderado de mí sin darme cuenta, como una necesidad subconsciente que tenía mi sensibilidad para sobrevivir de algún modo.

Por fortuna nadie estaba cerca aquel día para preguntarme: ¿Qué te sucede?

Con voces duras, perplejas, curiosas, o satíricas a las que yo hubiera debido responder ahogadamente.

—No lo sé... Estoy triste hoy.

—¿Por que razón?

Y entonces hubiera debido mentir y agarrarme a los pequeños motivos que pueden decirse, porque el gran motivo se había quedado inexpresivo y silencioso, reservando todas sus energías para "motivar" e inspirarme conmoción.

Había vuelto a pensar en él, en Albert... con su figura masculina, que tenía un sexo diferente al mío y también un lenguaje diferente, lo recordé de una manera casi leve y trivial, como una época más tan solo; pero aquel pensamiento siempre acababa dejándome un vivo dramatismo.

Lamenté las cosas perdidas de mi querido, inolvidable episodio: nuestras comprensiones nunca totales, las brevedades amadas y los malentendidos. La gigantesca divinidad del llanto se apoderó de mí y las lágrimas empezaron a salir de mis ojos. Desde hacía tiempo aquello era lo único que podía hacerme llorar. Sin embargo, antes había llorado por otras cosas, me dije. Antes, mi tristeza obedecía a causas muy variables: Un día, un fracaso en mi trabajo; otro día, la frialdad o indiferencia de unos seres, o un problema familiar. En cambio ahora, todo aquello no me producía nada; eran como huéspedes secundarios que vagaban en busca de su habitación, porque yo no tenía ningun interés en señalarles donde podrían hospedarse. Incluso el disgusto más reciente me parecía lejano.

¡Ah sí! Pensándolo bien, lo tuve hacía varias horas. Y el éxito que me esperaba (me habían dicho que mañana sería un día de éxitos para mí) tampoco lo aguardaba con la prisa febril de antes. Sólo la visión de Albert, de aquel individuo cuyo peso noté de un modo superlativo eliminador de otras impresiones, se hacía superior a mis fuerzas. En él había depositado toda mi sensibilidad entera. Podía captar cada defecto y cada cualidad de su presencia u ausencia, lo abstracto y lo preciso de esa corriente que poseen los espíritus próximos a hundirse en el vacío o a resucitar plenamente con una simple mirada o una pequeña caricia. Guardaba hasta los más mínimos detalles del episodio que a muchos podría sonarles insignificante. Yo era como una extra sensitiva a quien no se le podían dar malas noticias en cuanto a aquello. ¡Oh no, en cuanto a aquello no podían darme malas noticias! Porque me echaría a temblar y a llorar amargamente. Entonces descubriría que una imagen repetida y fija hacía tanto o más daño que las imágenes cambiantes de dolores menos exclusivos. Sin duda, lo mejor era ser insensible del todo; y hasta lo deseaba algunas veces, pero ¿cómo dejar de sentir del todo? Quizás si borrase mi episodio obsesivo...

Pero No, en el fondo no deseaba borrarlo, sino extasiarme sintiéndolo más profundo todavía, para que por medio de él yo no perdiese los sobresaltos mentales, las escenas intensas, las nociones de aire, vida, decepción y alegría también.

¡Ah, aún no se me han escapado todos los rastros! murmuré sonriendo entre mis lágrimas...

## XV  Mundo de preguntas y los murmuradores
## Adolfo Suarez

Lo llamábamos mundo para darle algún calificativo, pero aquello no lo era, no podía serlo... o al menos yo no quisiera que se extendiese mundialmente.

Había en mi barrio, y en muchos otros barrios, una gran cantidad de mentalidades atrasadas, personas que empleaban la pregunta de un modo erróneo y decadente. La palabra "pregunta" siempre me pareció algo maravilloso que me hacía vibrar, porque yo había repetido aquel acto muchas veces en mi interior. Aquello era la razón de los descubrimientos, la sublime posibilidad de inquirir, pedir datos, explicaciones, informarse sobre el por qué de las cosas. Pero no, ellos no preguntaban cosas importantes; nunca se les ocurriría, por ejemplo, llegar hasta la suficiente profundidad para exclamar ávidos de luz:

-¿Qué hacemos aquí? y ¿Adónde vamos? ¿Quién es el más sincero de los que hablan? y ¿Cuál es el libro que tiene más expresión y más poder?

En lugar de eso, sólo preguntaban cosas absurdas como por ejemplo con quién había salido el vecino, qué estaba haciendo el vecino... Desplegaban una serie de controles que a mí me crispaban los nervios, dejaban lo esencial, seguían como unos autómatas lo que sus padres les habían enseñado; psicológicamente no tenían ni el valor de un ser atormentado y desorientado por infinitas conclusiones y lo único que se les ocurría, era fisgar en las existencias ajenas.

Una vez salí con una muchacha que de verdad parecía como acorralada entre las intrigas de la gente, y su desafiadora, fastidiada expresión casi tenía matices de heroísmo. Ella me explicó:

-Tu no debes soportar todos esos controles porque eres un hombre y gozáis de privilegios especiales, pero la mujer sufre toda clase de críticas por lo más mínimo en ciertos paises (países).

Respiró con fatiga y prosiguió:

-Cada vez que salgo con un chico diferente, sé que muchos ojos están fijos en mí, noto la estridencia silenciosa de los comentarios en voz baja a mis espaldas, los gestos escandalizados y vigilantes. Cuando algunos días me muestro poco comunicativa y no quiero explicar mis proyectos, entonces vienen los encargados de preguntarme solapadamente cuáles son mis intenciones y cómo pienso organizar mi vida; siempre quieren saber más de lo debido. Pero más irritante todavía es cuando emplean la amenaza abierta y las celosas, potentes medidas de represión: el aislamiento y las malas caras, prototipo de la represalia social. ¿Puedes concebir que a los 27 años aún tenga siempre que dar cuenta de mis actos? Como hija, esposa, madre, amiga, profesora, o vecina simplemente, nos pasamos las épocas temiendo las represalias y censuras, que son la parte activa de la intromisión pública. ¿Por qué no nos dejarán en paz? -y terminó su discurso muy agitada, casi con histeria.

Me gustó oírla expresarse, porque yo sin preguntarle nada, sin curiosidad, había conocido algunos de sus sentimientos, así, gracias al tesoro del libre intercambio humano.

-En fin, no debes hacerles caso, María -exclamé intrépidamente. Venceremos a todo ese grupo de murmuradores que no tienen nada más productivo que hacer durante el día, sólo curiosear en las vidas de los otros.

Procuramos animarnos los dos aquella noche. Porque, aunque yo fuese un hombre, quizás no tan apresado como la mujer en prejuicios y desigualdades sociales, también yo conocía los controles a los que ella se refería. Los había experimentado yo mismo en el pasado, y volvería a experimentarlos a la mañana siguiente, con una clarividencia más aguda, quizás debido a que tras nuestra conversación me fijé más que de costumbre. Sí, recuerdo que me fijé mucho, especializándome cada vez más en aquel tema.

Terminé mi desayuno, sintiéndome observado varias veces; pero no quería facilitarles nada el ataque ni preguntarles qué es lo que querían preguntarme. Después, mi madre se atrevió a hablar con su voz melancólica, que siempre me ponía un poco triste, y empezó sus primeros pasos indagatorios.

-¿Has venido muy tarde esta noche?

-No demasiado mamá.

-Como te ha costado tanto despertarte, pensé que tal vez... Todavía sales con esa muchacha, María Carrasco ¿verdad?

-Sí.

-Mi vecina del tercero dice que tienes gustos muy extraños, hijo. No comprende cómo te gusta la compañía de esa chica y me lo participó confidencialmente; la ha visto algunas veces, aunque no demasiadas.

-¿Y tú qué opinas?

-Yo, nada... -pareció sorprenderse, levantó hacia mí toda la fragilidad de su aspecto que indicaba una vida muy débil y luego continuó -Pero la vecina del tercero está muy interesada. Casi todos los días me pregunta si continuáis saliendo o no, y yo no sé qué decirle. Ya sabes que por mí, me tiene sin cuidado; no soy curiosa y ya tengo bastantes problemas con mi enfermedad, pero la vecina del tercero me hace estar en tensión. Siempre temo que un día de estos, me preguntará si sé algo de ti y yo deberé responder apenada y confusa que no. Siento un terrible complejo de desconocimiento de la propia familia, eso es...

-Tranquilízate. A veces me pareces casi infantil, como una niña afligida. No hay que contarle mis historias, es una extraña y no tiene derecho alguno. Quisiera vivir en una gran ciudad, donde nadie pudiera saber con quién salgo, hasta que yo mismo tuviera ganas de contarlo. Aquí todos se conocen más o menos y es un ambiente muy cerrado.

Ahora descubría que además existía la curiosidad indirecta, como la de mi madre que preguntaba, enviada, presionada por el verdadero núcleo de los entrometidos y charlatanes. le comunicaría todo aquello a María, mi compañera de controles, pensé.

-¿Cómo te encuentras, mamá? -proseguí, meditando que aquella pregunta de solicitud al menos era inofensiva.

-Me encuentro mediocremente. Este dolor de cabeza no me deja vivir feliz.

-Lo siento. Si pudiese hacer algo...

Luego le tocó el turno a mi padre, que había estado abstraído hasta entonces. Me miró y dijo inesperadamente:

-¿Cuántas horas trabajas al día, hijo? y ¿lo haces de un modo seguido o muy espaciado?

-¿A qué viene esto?

-Don Marcos, mi viejo amigo, dice que debieras tener más entusiasmo por tu trabajo, no como una cosa suplementaria, dedicarle más tiempo. Él se maravilla de que nunca pongas cara de cansarte, lo termines tan de prisa y en seguida te vayas a estudiar o por las tuyas.

-Hay personas que tienen rabia a todos los que saben organizarse y terminarlo todo con rapidez -comenté encogiéndome de hombros-. El empleo sí que es suplementario, lo cogí para poder pagarme los estudios y no voy a pasarme las ocho horas diarias allí.

-¿Cuánto tiempo hace que no ves a tus tíos y primos? -continuó mi padre-. Eres muy olvidadizo de tus promesas y deberes sociales. Ayer me dijeron que esperaban tu visita, porque tienen que preguntarte algunas cosas.

-¡Ellos también!

-Sí.

Entonces, la última persona que había a la mesa, mi hermano mayor, tosió y se removió nerviosamente. Al fin exclamó:

-No te ofenderás si me intereso por ti, hermano... ¿Qué hacen tus amigos, Rafael y el resto? ¿Siguen igual?

-En efecto, no han cambiado -afirmé irónico, pues adiviné una sombra de hostilidad en su voz.

-Sin embargo, ¿no piensas dejarles?

-No veo el motivo.

-Mi prometida opina francamente que son unos jóvenes interesantes, pero que no pueden serte beneficiosos. Son demasiado variables y atrevidos para su fina sensibilidad. La dejaron muy desconcertada cuando los conoció. Ni a ella ni a mí acaban de gustarnos tus amigos.

-Es una pena -dije, conteniendo mis nervios-. Me temo que ellos también opinan lo mismo de tu prometida y de ti, pero no hay por qué verse más...

-Existe otra cosa que me intriga: ¿Cúales son tus proyectos futuros? A veces pienso que estás tramando algo: casarte, viajar o cambiar de empleo; pienso que escondes alguna idea que no quieres decirnos.

De pronto creí estar ahogándome en aquel mundo de preguntas y deseé ponerme a gritar. Pero recordé las palabras que yo mismo había dicho a la muchacha: "No debes hacerles caso." Me levanté sin responder y me fui hacia la puerta.

La voz débil y preocupada de mi madre me detuvo:

-Ya que no sé nada de ti, ¿me dejarás que invente algo para decírselo a la vecina del tercero?

-Haz lo que quieras, mamá. ¡Con tal de que no me des una peor reputación! –susurré, huyendo a toda prisa, silbando las sílabas de un modo colérico y a punto de estallar.

Detesté profundamente a don Marcos, a la prometida de mi hermano y a la vecina del tercero. Pero ellos no eran los únicos. En la calle vi a personas conocidas que me miraban, me saludaban y hubieran querido pararme para saber más cosas sobre mí. Al llegar a un sitio ya no podría evitarles más.

Entonces me harían preguntas sobre mis ideas políticas y religiosas, para poder después escandalizarse y contradecirme, incluso delatarme a instancias superiores del régimen.

Seguí caminando y creí ver detrás de las ventanas los ojos de los vecinos controlando mis entradas y salidas, la manera en que iba vestido, si fumaba o no, si besaba a una chica o no, si parecía tener dinero o no... Hasta se atreverían a preguntarme, implicando ya su censura:

-¿Le gusta realmente vestir así?

Culpa de todo la tenía aquella estrechez mental originada por la dictadura, la falta de inquietudes intelectuales, de libertades políticas y religiosas, el miedo a la opinión ajena y aquel dejarse influir malsanamente por lo que decían los demás, aquel control policial ya en el ámbito de vecindario para acumular informes negativos y peligrosos.

No exageres, pensé luego. Sin duda había también algunos círculos en que uno no se preocupaba de los demás, pero María y yo habíamos tenido mala suerte. Algún día me iría a vivir a Madrid, Barcelona o Valencia.

Respiré con alivio al pensar que incluso donde me hallaba podía conservar mi anonimidad en parte y refugiarme en mis aliados, por ejemplo Rafael y los otros amigos que tenía. Además mucha gente ensimismada en sus propios problemas pasaba de largo sin mirarme, constaté con gran satisfacción.

## XVI  Tiempo para vivir
### Jacinta Pardo

Hubo una época en que creí que había llegado mi tiempo para vivir... Todo se clasifica en épocas: la de los secretos cuando estamos en una estancia imaginando cosas de otras estancias, y la de las revelaciones. Era extraño... No sabía exactamente en qué se basaba mi idea, ni se me ocurrió preguntarme qué es lo que había hecho hasta entonces sino vivir. Sin duda, había hecho algo. Me había levantado muchas veces. El movimiento no era un misterio para mí, ni el vocablo de las personas. Sobre todo, había desarrollado la habilidad de observar. Sin embargo, vivir era una palabra de expresión más amplia, la palabra era inconfundible, y yo la adquiría ahora: "entrar en la vida" repentinamente, antes de que descubrieran que había dejado de observar y no salir ya jamás de la vida, aunque me costase la muerte. De una manera más concreta, la definición era ésta: no acumular reservas para el futuro. Hasta entonces yo había pensado mucho en    el futuro y centraba

mis sueños en mañanas que esperaba con paciencia, el día de lo especial, el día de lo agradable... Pero ahora tenía el convencimiento de que sólo yo podría hacer los días inmediatos con mi decidida presión. Había llegado el momento de realizar algo y si no lo hiciese, entonces habría pasado mi tiempo para vivir.

Durante mis primeros años de observadora, yo recogía los pensamientos de unos y de otros, y me decía:

—Todos tienen razón.

Pero luego fui definiéndome más concepciones y fui apasionandome por cierto número

de sistemas expresados. Ello significaba que eran piezas mías, reunidas poco a poco. Entonces se trataba de ponerlos en práctica. Vivir era eso, poner en práctica las teorías que me sonaban como suspiros nostálgicos, anhelantes de una existencia no atravesada.

***

Los dos seres que había dentro de mí estuvieron juntos durante varios meses. O quizás no llegaron a separarse, no lo sé. La observadora y la ávida de vivir diferían en muchos puntos, pero mi cuerpo no sufrió ninguna metamorfosis y los demás no lo apercibieron.

Yo sentía un triste malestar ante lo monótono de seguir observándolos. Cuando las personas decían:

—La experiencia no se obtiene con facilidad.

¿A qué se referirían? ¿A la de haber observado infinitamente, o a la de haber vivido en igual grado superlativo? Si se referían a lo primero, yo era como una vieja especializada en las materias de no intervenir mucho, de ver problemas y estudiar reacciones; la humanidad me resultaba muy familiar. Pero en lo segundo yo era como un niño torpe que necesitaba que le guiasen y pedía permiso, lleno de confusiones para actuar.

Una vez oí en una conferencia algo que me sobresaltó. Yo estaba muy atenta como todo buen oyente que es un derivado del que observa. Aquel hombre decía:

-El observador representa la maduración de la vida. Siempre los jóvenes tienen una época de gran agitación en que quieren ser promotores y protagonistas esenciales y desentenderse de los demás. Desean ser diseminadores de sus acciones y viven para la historia autobiográfica. Pero al final se les agudiza el poder de contemplar asimilando actitudes de familiares y amigos.

Entonces es que yo había comenzado por el Final, me dije. Y ahora, ¿cómo retroceder? Decidí preguntar a alguno de aquellos jóvenes, que me explicase la manera que tenía de vivir...

Nuestro profesor había hecho una encuesta de psicología en clase tiempo atrás y resultó que La mayoría de las muchachas dijeron haber recibido su influencia fundamental y más decisiva de algún compañero varón; los seres del sexo contrario, aún sin llegar al amor, les dejaban una herencia de ideas políticas, religiosas o literarias. Entonces, decidí preguntarle a un hombre, pues yo necesitaba que me guiasen.

El prometido de mi prima Elisa era un muchacho formal. Sabía con alivio que no iba a reírse de mí, y en efecto, escuchó muy serio mis dudas y al final dijo:

—Me extraña esta crisis en ti. Siempre te vi rodeada de una paz espiritual que yo admiraba.

—Pero no era verdadera; no estaba preparada para eso. Antes yo creía que era un ser grande, porque tenía un sentido crítico para definir a las personas y entendía sus triunfos y fracasos. Pero eso no basta; si me analizo a mí misma, no hallo episodios importantes.

—Y ¿tanto los necesitas? Yo más bien diría que son molestos. Verás... He madurado rápidamente y ya no tengo tu entusiasmo. Eso de vivir es muy engañador, es más una frase que una verdad. En realidad, tú no puedes tragarlo todo en un momento; todo viene por sus pasos contados, el amor, el pesar. Todos acabamos por alcanzar el complemento de las mismas cosas en este recorrido, tarde o temprano.

—Sin embargo, hay personas que acumulan aventuras interesantes y vibraciones de gran carga emotiva, más que otros, y algunos que tan solo se arrastran con la mitad de una vida... He visto a muchos quejarse, porque no habían vivido lo suficiente; entonces, no sabía muy bien a qué se referían, pero ahora sí...

Él se encogió de hombros y exclamó:

-Sólo puedo decirte de un modo práctico que a veces no te dejan vivir, por más esfuerzos que hagas; así es que no debes pensar mucho en ello.

-¿Cómo? ¿Eres fatalista?

-Tú misma lo comprobarás y verás que hay una serie de límites... Yo vagué mucho, probando sabores diversos algunos años, con lo que me quedé fatigado, te lo aseguro. Lo mejor es ser un apacible observador sin muchos sucesos propios. Mi gran ambición es casarme y llevar una existencia tranquila.

Le sonreí y le dí las gracias. Pero el prometido de mi prima Elisa no era un hombre que pudiera crearme una influencia fundamental, y yo estaba en la época de las explosiones, inquietudes e inquisiciones.

Entonces pensé en preguntarle a mi padre, que tampoco iba a burlarse de mí, aunque seguramente se enfadaría conmigo.

-Papá, quisiera vivir de un modo activo, no pasivamente como hasta ahora. Adivino una gran diferencia entre los dos modos, pero no sé bien lo que es. Tú tienes experiencia...

-No te entiendo -afirmó perplejo-. ¿Te pasa algo? Claro, vienen problemas... se lo dije a tu madre... Tú no ibas a ser una excepción.

—Excepción, no. La palabra me asusta y no quiero ser ningún caso a parte; ese es otro de mis temores.

—Habla con claridad, ya sabes que no soy un intelectual.

Comencé a pasear por la habitación mientras me desahogaba.

—Por primera vez la monotonía hace daño. Nos estamos automatizando y eso es como morirse un poco. Muchas noches tengo pesadillas en las que sueño que he perdido mi juventud y mi vida casi sin darme cuenta, como en un letargo, mientras muchos personajes de historias deslumbrantes me señalan como a un ser vacío, pasivo, que no ha sabido reclamar sus derechos.

—Y ¿qué querrías hacer? dí.

—No lo sé del todo.

—En una palabra, estás descontenta, pero no veo los motivos. Estudias algo, trabajas algo. Es lo que hace todo el mundo, y no te exigimos demasiado. Si en el tiempo sobrante encuentras una cosa mejor y que no ha de perjudicarte, vívela...

—Lo que sucede es que no hay nada mejor. No se me ocurre nada fuera de lo de ahora. Nadie me ha llevado al país de lo mejor ni lo peor, y sin embargo, hay una gran cantidad de sensaciones que quisiera conocer.

Mi padre acabó por enfadarse y gritó de pronto con brusquedad:

-¿Qué crees que es la vida? Si te figuras que es un montón de diversiones y viajes, yo tampoco he tenido tiempo para vivir, ¿sabes? He estado siempre encerrado trabajando como un esclavo en esta fábrica de chocolate, que al principio huele bien, pero que después es asfixiante.

Sin duda yo estaba equivocada, me dije entonces. No había tiempo para poder habitar realmente el mundo, me repetí; y hasta el enamorarse apasionado que salía en las novelas era sólo un pacto de tranquilidad -como el de Elisa y su prometido.

Durante los días que siguieron, sentí una especie de adormilamiento y depresión. Volví a la vieja costumbre de observar, que al menos no parecía tan complicado y difícil como el llenarse de objetivos uno mismo y de actividad vivificante.

***

Estuve así incrédula y deprimida durante bastantes semanas. Pero un día observé a alguien que me interesó poderosamente.

Era una mujer de unos 30 años y en sus ojos y en todo su aspecto podía leerse que había vivido mucho. Era atractiva y debía tener gran éxito con los hombres. Me pareció dinámica, variable y expresiva especialmente en los matices de su voz que transmitía una combinación de inteligencia e instinto como si no acabase de decidirse entre ambos. Contó que había viajado mucho; se había casado muy joven, pero ahora ya no estaba con su marido. Viéndola, comprendí que no pertenecía a la estancia de los seres pasivos, sino a la de los activos. La diferencia estaba muy clara:

Los activos miraban algo por simple curiosidad, mientras que los pasivos como yo observaban, porque era el único recurso que les quedaba.

La mujer también me apercibió y me sentí abarcada por su mirada de aquella manera leve que tenían los que vivían. Entonces experimenté la sensación de

que gracias al diálogo entre las dos yo también podría convertirme en una figura que comienza a actuar.

-Parece que estás aburrida -dijo ella.

-No, precisamente ahora, hablando contigo me distraigo, pero temo quedarme a medias, sin

saber lo suficiente y ¿a quién preguntaría entonces?

-Por eso estás tan seria. Y ¿qué quieres preguntarme?

-Tus experiencias... ¿Crees que siempre hay Límites en todas partes?

-No, muchas veces las barreras no son más que psicológicas. Hay Que ser rápidos y no desaprovechar las oportunidades para los cambios. En ocasiones el círculo se estrecha y nos hartamos de ver siempre las mismas cosas, entonces hay que salir y no hacer caso a los tradicionalismos negativos. No siempre la vida ha de ser igual.

-¡Eso es! –murmuré -. Yo he soñado lo diferente. Pero ella prosiguió llena de entusiasmo:

-Un poco de decisión bastaría para el cambio: para tomar parte en manifestaciones prohibidas, para ir al extranjero, para hacer nuevas amistades, para amar u odiar a una persona... acercarse o alejarse de algo... Pero hay una serie de seres cargados de prejuicios y miedo, que ven los intentos de vivir de prisa como una enfermedad, cuando en realidad es el más sano de los propósitos. Y después muchos de ellos se lamentan: "Debí haber hecho esto cuando era joven."

-Sí, también lo he visto en mis pesadillas –exclamé-. Pasaban los años y la vida se me quedaba inmóvil, sin novedades, siempre viendo a las mismas personas y estando en los mismos lugares, y mi padre trabajando mucho, sólo para seguir viviendo... El cuadro me da una angustia temible. "No dejes pasar la época en que todo es posible," me digo. Pero ¿en qué se distingue de las demás épocas? Quisiera que mi familia también me acompañase, arrastrados por la corriente de la vida.

-Deja a la familia, ahora has de pensar en ti -puntualizó ella -. Hay que ser egoísta y salvarse. ¿Quieres venir conmigo unas horas? Te enseñaré mi mundo, a ver si te gusta.

Yo quería con toda mi alma que me gustase, porque ella había dicho las palabras que esperaba oír, tan fáciles y cristalinas.

Aquella muchacha dinámica y expresiva llegó a ser una gran influencia para mí.

Me llevó a un sitio donde había muchos intelectuales. Yo hubiese necesitado más energías en aquellos primeros momentos, para reaccionar despierta y alegremente, pero me sentí cohibida, un poco inadaptada, emocionada casi ante la novedad. Luego, muchas veces temí intensamente decepcionar a mi rápida guía que me había conducido hasta allí, porque a menudo triunfaba en mí más la vieja observadora que el ser ávido de vivir, raigambres imprevisibles en las que no había pensado. En lugar de divertirme o de buscar emociones mías, me quedaba observando a la gente, preguntándome si eran felices realmente y me hubiera gustado escribir un libro sobre aquellos seres con su gesto decisivo de no asustarse ante nada.

Ellos debieron advertir inconscientemente mi actitud, y además, como no tenía un pasado interesante ni mi presente lo era tampoco, empezaron a excluirme. ¡Oh! Había observado algo más: Todo se ligaba de un modo misterioso y sin opciones a separar los fragmentos en úteros diferenciados... y la exclusión siempre había sido mi destino, mi festín habitual.

Todavía recuerdo aquel día en que la muchacha dinámica y expresiva me dijo adiós:

—Me gustaba estar allí -le dije-. Es lástima que no haya podido quedarme más... y que tengas que marcharte.

La vi desaparecer y me fui triste a mi casa, pensando que todos los que vivían, si alguna vez les encontrase, siempre se irían del mismo modo, calificándome de débil, demasiado espiritual o mortecina.

Pero de pronto, mientras andaba todavía despidiéndome de ella que había sido la única de su círculo que me había advertido, me sentí animada por la descarga de una inexplicable satisfacción. Al fin y al cabo, la vida no dependía de nadie, ni de la influencia de aquella muchacha dinámica y expresiva. Ya no iba a preguntar a nadie más, porque nadie era la reencarnación exacta de la vida total. ¡Qué historias tan interesantes me había contado ella cuando se olvidaba de que yo era una observadora, de que las dos no eramos iguales! Lo recordé con nostalgia. Pero yo podía prescindir de personas y períodos, me dije.

Mis deseos de vivir se cumplirían algún día. Y entonces soñé una vez más y sin atormentarme. Pronto tendría mi tiempo para vivir... Esta idea me reconfortó persuasivamente.

## XVII  Los mal alumbrados
### Miguel Costa

Había una muy escasa luz en mi alma, una de esas luces artificiales que crean una atmósfera temblorosa como de velas a punto de apagarse si soplamos por descuido. Pero quizás yo no era el único de los mal alumbrados; muchos no sabían exactamente lo que querían y se adentraban en tinieblas de todo género, de conducta, de pensamiento; por eso se formaban hogares que después no llegaban a ser nada, filosofías que se trituraban y derrumbaban al convertirse en prácticas diarias, obras vanas y sin consistencia que hacían vivir a los humanos en la oscuridad muchos años.

Nuestra historia había sido muy simple: mi novia y yo habíamos sido dos de esos mal alumbrados que he descrito y habíamos estado a punto de casarnos...

Virginia no era una de las chicas que se desvivían extraordinariamente por el matrimonio. Aquella tarde dijo sin gran ilusión en su voz:

-Será un hermoso día, algo culminante, todos lo dicen.

-En efecto –murmuré-. Hacemos buena pareja; somos jóvenes y nos atraemos...

Ella sonrió musitando:

—A veces nos discutimos, porque no estamos de acuerdo, pero eso no importa.

—El desacuerdo forma parte de la juventud y la atracción.

—Sin embargo, yo pensaba que el amor sería algo diferente.

—Y yo también.

—Quizás debiéramos perfeccionar el nuestro...

—Si te refieres a estar siempre conforme con lo que tú dices, no pienso hacerlo.

—Ni yo tampoco -afirmó ella, encogiéndose de hombros.

Me quedé mirando a Virginia y pensando una vez más que no podría vivir sin ella, o quizás me había sugestionado con aquella idea; la primera muchacha que yo amé, a los 16 años, me produjo el mismo sentimiento. Ella y la primera muchacha que yo amé me dejaban la misma impresión de necesidad agobiante, sin embargo, la primera muchacha se fue y yo había continuado viviendo para sentirlo otra vez. Quizás todo fuese igual, pura sugestión.

Pensé en la gran cantidad de mujeres que todavía podría amar, conocer, absorber, si no me casase con ella. Recordé a muchos seres apagados y descontentos de su experiencia que me habían dicho:

—El matrimonio es algo muy grave y hay que estar muy seguros...

Virginia pareció alejarse de mí mentalmente. Yo exclamé de pronto:

-¿Crees que estamos bajo la luz, o, para decirlo figurativamente, vagando entre tinieblas? ¿Andamos tal vez a tientas en una zona de poca luminosidad, nocturna, sin linternas ni faroles?

-No lo sé.

-Podríamos probar encendiendo nuestras velas si conseguimos ver un poco mejor, pero entonces cuando se apagasen también nos apagaríamos nosotros.

-Sólo sé que hemos sido felices a pesar de nuestras discusiones en esta época.

-Por eso mismo. Quizás debiéramos dejarlo como una época feliz a pesar de todo; no debiéramos intentar alargarla más.

Ella no pareció alarmarse. Todo aquel tiempo había tomado con una especie de pasividad lo que viniese, y ahora, al comenzar a divagar los dos, su rostro adquirió una expresión de interés y calor.

-Es un pensamiento extraño en ti –dijo-; pero te entiendo. Nos preguntamos ¿cuál es la forma del acto luminoso mejor para nosotros, continuar, o no continuar?

-¡Ves, nos comprendemos! Basta que exprese una idea para que tú la recojas. ¿Cuál es nuestro problema entonces?

-Sin duda que tenemos gustos muy diferentes, y nuestras mentalidades también lo son. Tú eres más respetuoso con consejos, tradiciones y teorías pasadas de moda; por una consecuencia lógica, los ambientes que frecuentamos también son diferentes. Deseamos amoldarnos, pero entonces surgen las discusiones.

Yo sugerí ávidamente:

-Podríamos emplear los días que faltan para la boda discutiendo hasta quedar extenuados, hasta agotar nuestras palabras.

-No, no se agotan las palabras cuando hay diferencias.

-Es cierto.

Hubo un breve silencio, en el que su firmeza me abrumó un poco.

-Estaría muy solo sin ti -murmuré.

-Y yo también. Sería un tiempo de oscuridad por culpa de haber visto y hablado demasiado claramente.

-Si no fuésemos tan cerebrales, pensaríamos únicamente que nos queremos.

-Pero no estamos seguros. Tal vez yo no encuentre nunca a nadie igual que yo mismo, pero no puedo unirme a un ser tan contrario a mí.

Ya lo condicional se había convertido en presente y las divagaciones, en acciones. Nos levantamos y fuimos hacia la ventana.

-¿Terminamos entonces? -pregunté.

-Sí...

-¿No habrá boda?

-No.

-Todos se quedarán muy sorprendidos cuando lo sepan.

-¡Siempre te preocupan los demás!

-Escucha, ésta es la última vez que miramos el paisaje juntos; debemos procurar no amargar estos últimos minutos...

Sí, habría sido un fracaso, pensé; habíamos evitado el desastre. Habíamos decidido casarnos en un momento cuando estábamos mal alumbrados, entre sombras y lámparas con bombillas deficientes y mortecinas, buscando objetos sin saber cuales ni adónde mirar. Nos había faltado la luz del día y la corriente eléctrica, esto era todo. ¡Se seguían tantas direcciones falsas! Y ahora nos inundaba la luz verdadera, con sus vivos resplandores un poco bruscos y fríos; pero también había una cierta poesía en aquel realismo de no soportarse mutuamente dos seres y adivinarlo a tiempo un poco antes de suceder.

-Hemos estado bien estos meses; y también nuestra despedida es digna de amarse –dije yo como el mal poeta que era-. Hemos interrumpido, pero no destruido nuestra unión.

Suspiramos hondo y nos separamos rápidamente a comunicar la noticia a los demás, que seguramente querrían averiguar ante todo quién de los dos había deshecho la boda.

## XVIII  Los diques de contención
## Lola Miró

A veces me parecían salvadores mi sentido y mis normas de la contención que me hacían tener un carácter apacible y evitar lo violento. ¡Temía tanto las situaciones embarazosas que se producían cuando uno ya no podía contener su crisis y comenzaba a llorar entre varias personas o comenzaba a criticar desazonada y desesperadamente un montón de hechos insoportables! Pero a veces, aquella costumbre mía de evitar lo violento llegaba a parecerme una barrera excesiva, un vicio más que una sabiduría de mi carácter.

Resultaba difícil tratar con la gente. Si uno, en algún instante, dejaba ver sus sentimientos más íntimos, entonces se ponía al alcance de alguien que podía traicionarle, o tal vez no... que podía vengarse con antipatías brumosas, o tal vez calmarle y comprenderle más, gracias a la gran explosión. Aquella era la prueba que yo no había hecho todavía y me dejaba una semi-duda, contenida también.

A veces deseaba que mi amargura llegase a ser tan intensa que sobrepasase el Límite del prudente disimulo y que se rompiesen los diques de contención, que se desbordase todo mi ser, hasta inspirar pena, risa o comprensión... Deseaba casi perder la razón un momento, aunque después me arrepintiese de ello. Me agarraría al brazo de alguien y le diría:

—Yo ya no puedo más. Has de hacer algo, porque no soy responsable de mis actos; has de entrar o salir de mi vida... Inventar algo para ayudarme.

¡Pobre el individuo a quien eligiese! Quizás elegiría a un extraño que me estuviese hablando del tiempo. Cuando el momento llegase, a cualquiera, lo haría víctima de mi incontrolable expansión.

Aquella pareja de mediana edad, mis amigos, me habían invitado a pasar unos días con ellos, aunque no sabía exactamente por qué, pues a menudo parecían ignorar mi presencia. Nunca acabaría de conocerlos bien ni de habituarme a sus rarezas. Él era un hombre poco sociable y ella, a su Lado, parecía mucho más cariñosa. De vez en cuando ella salía de su letargo en que sólo estaban los dos y me decía:

—¿Te encuentras bien entre nosotros, querida?

—Sí —respondía yo mecánicamente, agradeciendo su dulce y precipitada cortesía con una sonrisa.

Pero la verdad era que no me encontraba bien entre ellos; tampoco me encontraba bien en mi hogar, ni en el sitio donde trabajaba como cajera en unos grandes almacenes... Claro era que no pensaba decírselo a nadie de los interesados, porque entonces habría venido la catástrofe, me habría quedado sin amistades, sin hogar, sin trabajo... y ¿cómo encontrar otros? Nadie me explicaría el procedimiento. Recordé que mi familia (y quizás todos los personajes del mundo) se habían dividido varias veces, pero después siempre habían vuelto al redil, aunque siempre un poco adulterados, con inquietudes menos puras, con su gesto de expedición fracasada.

Mi pareja de amigos no sabían que al principio había confiado en que me gustasen. Su compañía, visitarles, escribir sus nombres en mi diario, todas esas cosas representaron una especie de cambio. Oh, ¿por qué no intentaban alegrarme? ¿Por qué no rompían el silencio tan frecuente para distraerme de pensamientos sombríos?

Aquella tarde mi amiga se despertó de su letargo antes que yo.

-Querida Lolita deberías ir a dar un paseo. ¿No te aburres aquí dentro?

-No, en absoluto, pero sí, tal vez me vaya un momento.

El marido intervino entonces con su gruñido distraído:

-Deberías darle un libro para leer, en lugar de un paseo. Es una muchacha inteligente y estudiosa.

-Haz lo que te apetezca, querida.

Comprendí que no podía quedarme callada entre ellos, debía hacer algo, moverme; pero yo tampoco tenía ganas de hacer nada. ¿Por qué no me dejaban participar de su letargo? ¡Si hubiese podido iniciar una conversación diciéndoles que era muy desgraciada y que había esperado más de la vida! Sin embargo, mis reservas de contención aún no se habían agotado.

Me levanté y desahogué mis fuerzas en la acción menos explicita de todas: dando un pequeño portazo.

Pero en aquello también hubiera debido contenerme. Mi amiga dijo desde dentro:

-¿Por qué haces tanto ruido?

-Perdona, se me escapó la puerta -murmuré desde fuera.

Y una vez más deseé que mi malestar llegase a ser tan intenso que ya no pudiese reprimirlo, dando portazos una y otra vez sin pedir excusas a nadie, tirando botellas y gritando mis sentimientos. Pasaban los años y aquello no se había producido. No me atrevía a ver a los seres boquiabiertos, asustados o regocijados ante mi crisis repentina. Pero estaba segura de que llegaría, porque todo tenía un límite. Me daba esperanzas, y descansé pensando en el límite, las cosas que no podían dilatarse indefinidamente, sino que al fin se descargaban y vivían doble, desproporcionadamente, en el desencadenamiento.

Mientras iba en busca de un libro con lentitud, deseé poderosamente que se rompiesen mis diques de contención. Aquella sería mi gran alegría... romper mis reglamentos reflexivos, mis serenidades y prudencia; tal vez entonces, podría morirme tranquila después de haber protestado y motivado grandes catástrofes con mi revelación sin fronteras que ya no pretendía atenuar y suavizar, sino mostrarlo todo descarnadamente. Además, quería poner a mis semejantes a prueba. ¿Haría alguien algo cuando le dijese: "Ya no puedo contenerme?"

Quizás consiguiese algún descubrimiento nuevo en aquel momento decisivo.

## XIX  Soluciones extremas
### Samuel Rodriguez

Yo tenía un carácter débil y lo notaba en las palpitaciones que me entraban cada vez que oía expresar una opinión con fuerza y seguridad. Todas las personas con fuerza podían influir sobre mí, aunque estuviesen equivocadas. Admiraba el brillo crédulo y convencido de sus exclamaciones, cuando decían:

-Indudablemente es así, lo digo porque lo sé de un modo positivo.

Al principio, no había problema, porque los seres que influyeron en mí, formaban un grupo unificado y compenetrado entre sí, mis padres, y no sé si organizaron mi vida bien o no, pero al menos fue una época tranquila. Después vinieron otros parientes, que fueron como escalones ascendentes o descendentes, no podía definirlo... y amigos mefistofélicos, o tal vez esparcidores de una verdad que yo no había visto hasta entonces. Al principio, no decían nada, pero de una manera figurativa yo creía recoger los mensajes que me enviaban aquellos nuevos seres. Luego, un día me dijeron con su aire resuelto:

-Tendrás que dejar a tus padres.

Me pareció algo irrisorio y terrible por la gravedad que implicaba.

-¡Es ésta la única solución! Lo encuentro demasiado brusco.

-En el mundo hay que actuar así, si se quiere conseguir algo.

-Pero ahora de momento no... no puedo... quizás dentro de algunos meses.

Conseguí que esperasen algún tiempo, pero escuchaba los consejos de todos, dulces, autoritarios; advertía la mirada de decepción que me dirigían, como diciendo:

-Tendremos que marcharnos al final sin ti, porque dejas escapar el instante decisivo.

¡Yo temía tanto las soluciones extremas! ¡Me habría gustado tanto el punto intermedio! Juntar y armonizar las fuentes de influencia, poder estar con unos y con otros. No sabía con quién me sentiría más feliz, más apoyado y más inteligente. Dudaba y me detenía a mirar convulsivamente en las fisonomías y actos de todos lo que querían enviarme.

Un día mis padres dijeron:

-Es una juventud oscura y maligna. No la entendemos...

¿Por qué todos tenían las voces tan firmes? y ¿Por qué todos los puntos de vista se acercaban tanto a mí que casi me aplastaban, me dominaban parcialmente, hasta que sentía un infinito cansancio?

Procuré emplear medios suaves y comprensivos, pero una vez mis padres me dijeron que yo había cambiado mucho, ya no era la criatura transparente de antes y me llamaron hipócrita. En realidad, más que hipócrita era un desorientado, partido en dos sectores que me producían un verdadero desasosiego. Entonces discutimos y mis amigos me dijeron:

-Has hecho bien en decirles lo que pensabas...

Pero yo no sabía lo que pensaba exactamente.

Había llegado el extremo que tanto temía, lo total... sin embargo, después de todo, haber roto con la influencia anterior para que quedase sólo la más reciente, me dio cierto bienestar. Mis padres me dijeron adiós con su tono intransigente y seguro.

Pasó el tiempo y el poder de mis amigos también fue atenuándose. La mayoría desaparecieron como si olvidasen que ellos me habían quitado de un ambiente para colocarme en otro, me habían llevado hacia el otro extremo... Quizás habían sido sólo instrumentos.

Después me casé y volví a otro período tranquilo, porque únicamente recibía la influencia de Concha, mi mujer, el ser más cercano, su cuerpo durmiendo a mi lado todas Las noches, sus ideas que al principio me dejaron perplejo, pero que luego fui asimilando como propias, el contacto físico y espiritual. Sin embargo, aquello tampoco duró mucho.

Ella me llevó hacia la gente y se escurrió entre la gente, como si necesitase de los demás, como si influir siempre en mí le pareciese aburrido.

Juán y Margarita eran una Pareja de hermanos solícitos y amables que frecuentaban nuestra casa. Margarita tenía una gran creencia en la perfección de sí misma y yo a veces llegaba a creerla. Mi mujer me decía:

-Eres muy débil, sin opiniones, y todo lo que te cuentan te impresiona. Estoy harta de tí y de que siempre me cites el ejemplo de palabras que te han dicho y que crees brillantes.

Entonces yo la miraba confuso y respondía:

-Ellos son secundarios, sólo tú tienes importancia. Los primeros meses de casados, yo quería estar junto a ti. No quería tratar con nadie, ¿recuerdas?

-¡Sí! También es desagradable y martilleante para mi psiquis que todo lo que yo diga te impresione tanto.

Parecía como si temiese darme su existencia, como si temiese que yo se la fuese robando poco a poco...

Aquella tarde yo estaba solo y pensativo, sentado en mi sillón de costumbre cuando Juán y Margerita entraron. Habíamos llegado a formar un triángulo muy unido los tres, porque casi siempre mi mujer se iba.

-Hola -me dijeron-. No está, ¿verdad? -preguntaron.

-No.

Me levanté y comencé a pasear por la estancia; necesitaba desahogarme de algún modo.

-Mi mujer es muy cruel en estos últimos tiempos y casi no me habla. Está como enfadada, aunque no comprendo el motivo. Huye siempre que le es posible. Hasta diría que me engaña con otro...

-Esto ya hace demasiado tiempo que dura -afirmó Margarita con su voz de mujer perfecta.

-Sí, pero ¿qué puedo hacer?

Entonces fue cuando Juán pronunció la sentencia terrible:

-Tienes que dejar a tu mujer.

Entonces me pareció volver a aquella escena de años atrás cuando pregunté:

-¿No hay otra solución? Lo encuentro demasiado brusco.

-En el mundo hay que actuar así, si se quiere conseguir algo.

La solución extrema...

-También t5 eres un extremista, Juán -murmuré.

-No sé a qué te refieres, pero me parece lo más lógico y digno, ya que no te da la felicidad. ¡Abandónala y aún puedes empezar una vida nueva! Para un hombre es fácil. Nosotros te ayudaremos.

Pero ¿cómo romper con la influencia anterior? seguí pensando. Ahora Juán y Margarita eran los más fuertes, porque estaban allí delante hablando... pero luego se desvanecerían cuando mi esposa llegase con su voz áspera diciendo cosas incomprensibles:

-Antes aún eras algo...

En el fondo la comprendí. Ella se había enamorado de mí por mis reminiscencias de influencias pasadas. Todo era una máquina de intereses; al principio era divertido contagiar algo a alguien: costumbres, pensamientos; se le perseguía incluso; y ahora que sólo podía contemplarse a sí misma en mí, le parecía monótono.

Volví a mis interlocutores con fatiga y exclamé:

-Debe haber algún medio más leve, algo que permita alternar las cosas sin dejarlas del todo, sin ese sabor de extremo ineludible. Quizás deba tener paciencia y esperar... Quizás no haya nada concreto.

-Desgraciadamente lo hay: -dijo margarita-. Tengo experiencia en esas cosas. Ella se ha enamorado de otro. No podrá divorciarse de ti, claro, pero se irá tan pronto como él la llame a Francia.

Juán añadió:

-Ahora es el momento, cuando sois jóvenes y aún no tenéis hijos. Sería un desastre si os vinieran hijos.

Sí, ellos también influirían en mí, pensé. Yo sería un viejecito desgraciado, sin descendencia alguna; ellos me rodearían y yo Les diría:

-Tenéis razón, muchachos. Siempre me pregunté quién tendría la razón, y ahora lo sé.

O quizás nunca lo sabré de verdad...

Recordé todas las influencias recibidas, las pequeñas reminiscencias que me dejaron para siempre, como pequeñas vocecitas en mi espíritu.

-Es una juventud oscura y maligna. No la entendemos...

-Tendremos que marcharnos al final sin ti, porque dejas escapar el instante decisivo.

Ahora comprendía por primera vez que en el fondo odiaba a todos los que influyeron sobre mí: mis padres, los otros... mi mujer, y los dos hermanos que tenía delante y que representaban una influencia futura. Deseé poder huir de todos... no ser ya débil, poder exhibir mis teorías y conceptos prácticos y gritarles:

-Indudablemente no es cierto lo que decís.

¡Sí, aún era joven! Quizás aún estaría a tiempo para dejar de ser débil, y me alivié planeando normas de conducta en silencio. Ahora, lo más inmediato era aquella solución extrema: terminar con mi mujer. Ella no sufriría, al contrario, exclamaría:

-Te lo han dicho ¿no? Pues bien, por una vez te han dicho la palabra exacta.

-¡Qué terrible tropezar con el extremo de nuevo y caer en las manos de otros!

pero yo haría que no sucediese... Aquella sería la última vez que veía a la pareja de hermanos que ahora me estaban dando consejos; les esquivaría, y cada vez que viese a alguien expresar una opinión con seguridad, debería ponerme en guardia; forzaría mi cerebro, repitiendo constantemente:

-No estamos de acuerdo. No estamos de acuerdo. Yo tengo otras ideas...

## XX  Los poderes selectivos
### Melita Santos

Comencé a quitar las cosas de la mesa, mientras Gabriel silbaba algo. Yo era una joven no muy habituada a la casa y me movía con cierta torpeza; me habría sentido más segura delante de mi máquina de escribir. Gabriel se acercó varias veces al teléfono como si quisiera llamar a alguien, pero luego se quedó quieto y pensativo, con aquel aire de intelectual que tanto me gustaba.

-Estoy reflexionando que si no hablamos de ello, acabará por no existir. -dijo.

-¿A qué te refieres?

-A los poderes selectivos, es un campo apasionante de ideas; nuestra capacidad de elegir. Con frecuencia tengo la impresión de que se nos atrofia, porque no la utilizamos casi. ¿Recuerdas cuál fue la última vez? la última vez en que escogimos entre los muchos objetos que había e hicimos prevalecer nuestro criterio, diciendo: "Es el mejor, nuestro preferido; no nos lo robarán, porque lo vigilamos con nuestra mirada fijamente."

Ahora me parecía lejana aquella época...

Intenté recordar y exclamé sonriendo:

-Tan lejos no está. Todavía no hace unos meses elegí casarme contigo, y me viene a la memoria que... hace unos años elegí ser una muchacha moderna y trabajar fuera de casa. Han sido las ocasiones en que yo y mi preferencia hemos intervenido más directamente.

-Sí, pero son demasiado pocas las veces; casi podemos contarlas con los dedos. Parece como si cada gran elección nos dejase ya fatigados para emprender otras empresas y nos pasamos los días aceptando lo que viene, admitiendo, cuando en realidad nuestra capacidad de elegir es muy superior y no debiéramos permitir que dormitara así.

-Es verdad -dije suspirando.

Gabriel se agitó impaciente.

-Vén, hablaremos de ello. Deja esta mesa, por favor, me pone nervioso. Lo más importante en este momento es reactivar nuestra capacidad de elegir... para que no se vaya de nosotros... para que cuando llegue una hora determinada, sepamos bien lo que queremos.

Le obedecí y fui a sentarme a su lado, donde escucharía sus conceptos filosóficos y olvidaría el desorden de la estancia, todo lo prosaico y exterior.

-Quiero que practiquemos juntos el juego de seleccionar -dijo él-, Hay que saber si tenemos desarrollada la capacidad de elegir, piénsalo; debemos liberar la mente de los males, que son las esclavitudes. Figúrate que estás en el mundo y hay muchas cosas...

Tú tienes el poder de tirarlas fuera... o escoger y acariciar unas que serán el verdadero número, el número seleccionado de lo que realmente has elegido para que te rodee y no es fruto de la imposición. ¡Vamos a emplear nuestros poderes selectivos!

-¡Sí, sí! -dije con entusiasmo, aunque no sabía lo que se proponía hacer.

Gabriel prosiguió con gesto de ensoñación:

-Por ejemplo, en cuanto a edad ¿cuál te gustaría tener?. ¿Desearías volverte niña en unos segundos?

-No, creo que me gusta mi edad de ahora. Dicen que la juventud es lo mejor, aunque tal vez no sea cierto.

-Posiblemente yo también elegiría mi edad de ahora, pero quizás la época madura sea más interesante. En realidad, me paso los años esperando cómo me sentiré entonces; la época de los 45 me sugestiona y Sería triste que me muriese antes de poder llegar hasta allí. Es cuando se acumulan las conclusiones y se alcanza la estabilidad espiritual en medio de la vida.

-Sí, debe ser interesante la madurez.

-Y ahora vayamos a la propia identidad... ¿No sientes nostalgia por alguna naturaleza que no has tenido Jamás? ¿Te gustaría ser una muchacha acomplejada que llora a cada minuto para que la atiendan?

-No, de ninguna manera.

-Bien, seguiré tus órdenes; descartaremos lo malo de una selección absurda y sólo lo bueno y agradable que necesitamos será admitido. ¿Te gustaría quizás haber nacido hombre?

-No -repetí suavemente.

-¿Estás pues completamente conforme con todo lo de ahora?

-No te enfades, pero voy a serte sincera: A veces creo que me gustaría ser una muchacha muy bonita y espectacular de una irresistible belleza, más que inteligente; así no tendría problemas. Me gustaría llamar la atención, no haberme casado y tener muchos amantes; sin embargo, no estoy segura de que fuese esto lo que elegiría. Estamos expuestos a elecciones variables, imágenes tentadoras y subconscientes que no expresamos y que están dentro de nosotros.

-A mí también me gustaría tener una vida aventurera, ser artista y producir algo que fuese contra un gran sector de la sociedad y ser perseguido por este motivo.

Una vez lanzados en el mundo de las conjeturas, todo surgía con rapidez.

-Después de la edad y el ser viene la acción ¿no es eso? -exclamé. Elegiría emprender un viaje, un largo, romántico viaje y tú acompañándome en él.

-Yo, ¿o algún admirador de tus atractivos de sirena seductora? ¿Recuerdas?

-No, tú, con tus pensamientos tan semejantes a los míos... reflexioné unos segundos y añadí:

-Quizás más aún preferiría estar delante de mi máquina de escribir, en lugar de tener que ordenar la casa esta noche.

-Debes seleccionar mejor. Acababas de pedir un viaje...

-Pero puedo elegir de nuevo; soy libre y pido más flexibilidad de selección.

-A mí me gustaría andar por unas calles desconocidas, solo con mis ideas que escribiría a la mañana siguiente.

-Quisiera tener dinero para comprar adornos para la casa. Mi madre siempre decía que no sería buena esposa, pero quizás lo mejor sería desentenderme de ello. Quisiera ir a todas partes sin dinero y llevar una vida bohemia.

-Sí, llevaríamos una vida bohemia los dos, sin preocuparnos de esos detalles insignificantes que te atormentaban en tu anterior elección. Veo que nuestros poderes selectivos no han muerto todavía -dijo con alivio.

La realidad entonces volvió a mí.

-Pero no hay nada para seleccionar... Todo lo inventamos, está en cajas cerradas y no nos lo darán...

Él sonrió con una alegría casi infantil y dijo:

-El pensamiento no está cerrado; nos lo han dado y lo más importante: lo hemos elegido...

-Sí, pensar junto a ti es mejor que el viaje, la madurez y la aventura.

-Lo importante es mantener siempre viva la capacidad mental de selección, la idea de lo que habríamos elegido si hubiésemos podido hacerlo... Y saber reaccionar cuando llegue el momento.

-Sí, y si en España por fin algún día hubiese elecciones libres, ¿Por qué partido votaríamos?

-Desde luego por las derechas no. Ya han gobernado bastante.

## XXI  El filtro de la ilusión
### Andrés Morales

No sabría exactamente cómo definirte. Si yo fuera el viejo realista de antes, diría que eres el producto de un fenómeno. Eso es. Pero cuando a algo se le adora y se le convierte en celestial, resulta difícil llamarlo así, tan fríamente.

Creo que había muchos filtros en copas distintas y a mí me dieron a beber uno; entonces, de pronto me volví un hombre ilusionado; sentí aquella excitación súbita y me dije: "Algo pasa. No estoy del todo normal." Pero quizás fuera un período transitorio; otro día, probaría el filtro de la muerte o el de la ironía.

¡Ah, es verdad! Me olvidaba de que tú quieres una historia, todos quieren una historia. Ellas aclaran las dudas, aunque a veces las hacen aún más grandes. Yo conozco ese doble matiz de las historias...

Aquella tarde, fui a ver a una vieja señora amiga de mi madre que me invitó a tomar algo... aquel líquido dulzón del que probé sólo unas gotas. En nuestra charla hablamos precisamente de la ilusión.

Ella murmuró:

-A mi edad todavía la siento. Si pudiera darte un poco de la mía... Tú pareces alejado de ella, pero creo que está jugando al escondite contigo y que la encontrarás de un momento a otro.

-No pienso buscarla -afirmé.

-Vendrá por si sola, estoy segura.

Habría algo en la mirada de sus ojos o quizás en aquel líquido, porque al salir, ya me sentí predispuesto a lo que vendría después. Salí y te encontré enseguida. Tú eras la ilusión en forma de mujer. Nunca me había ilusionado con facilidad, sólo ante cosas muy especiales y superiores. ¿Lo eras tú? ¿O quizás era que habías llegado en el momento exacto? Sí, cuando tomé el contenido de una copa... cuando hablamos de la ilusión y alguien, una tercera persona insignificante, me contagió algo de sí misma... Entonces vino el nuevo huésped sin que yo lo buscase. De cualquier manera, todo empezó a tener tu nombre; tú y yo eramos el centro universal y las demás cosas sólo nos rodeaban.

Dijiste que te llamabas Juana, vivías con tu familia numerosa, no tenías novio, ni pensabas casarte con nadie. No te sentías sola y parecías detestar cuando yo preguntaba cosas sobre tí o quería compartir tus satisfacciones y problemas. Un día me dijiste que si alguna vez deseabas hacer confidencias, empezarías a escribir tu diario; te pregunté si habías amado a alguien alguna vez y me respondiste que sí, pero que tampoco sentías la necesidad de contárselo a nadie. Me rechazabas de un modo automatizado y monótono, aunque seguíamos viéndonos. A veces eras poco amable; yo te explicaba mis ideas y sólo al final murmurabas con una sonrisa:

-Estoy de acuerdo, sin embargo, la verdad es que no había pensado mucho en eso.

A veces te tenía hasta odio y me decía: "Es una muchacha insulsa, esquiva, orgullosa." Pero debías tener cualidades muy especiales, porque sólo tú podías darme aquella impresión de júbilo.

Mis ilusiones iban en aumento. Miraba todo lo referente a nosotros con verdadero interés: los días en que iba a buscarte, las citas por teléfono; me arreglaba físicamente, me ilustraba dando siempre más alas a mi intelecto, y trabajaba mucho espiritualmente para parecerte un muchacho atractivo; preparaba con cuidado cada regalo y cada palabra para ti.

Un día me dijiste que te habías "acostumbrado a verme", como una rutina más, a que yo rompiese los silencios largos con mis frases.

-Casi resultas imprescindible.

Me dijiste que cuando tú adquirías una costumbre, ya no podías apartarla de tu vida fácilmente. Había tal falta de ilusión en tu voz, que creo que la mía se desvaneció un poco entonces... pero no del todo. Al menos tenía la tranquilidad de que no se acabarían nuestros encuentros.

Tú continuaste mirándome como una costumbre y yo continué formando los derivados de mi sentimiento: ilusión, iluso, ilusorio...

Pasó bastante tiempo y una tarde, de pronto, yo ya no fui más un hombre ilusionado. Imprevisiblemente, como había venido, se fue. Debí haber tomado el filtro de la decepción en gran cantidad, sin darme cuenta, porque cuando te observé ya no representabas para mí el paraíso; ya no me transportó tu belleza a la visión de una eternidad juntos, cogidos de la mano, ya no me pude quedar intentando arrancarte una confidencia, un suspiro de pasión. Sin embargo, tú eras la misma de siempre, quizás hasta un poco más dulce que de ordinario.

¿Ves como todo depende de los filtros, que nos hacen ilusionados o decepcionados y desganados de pronto? Filtros vertidos por manos misteriosas, como las de aquella mujer amiga de mi madre; los bebemos y somos otros. Pero tú no puedes entenderlo, tú que nunca has variado de actitud, que nunca has probado los Filtros contrarios. Sólo te preguntarás, por qué ahora que te habías acostumbrado a mi presencia, ya no te sigo... precisamente ahora cuando me habías dedicado un poco de tu tiempo diario para inquirir cómo me encontraba... y me concedías una fracción de todos los días, que yo empleaba exclamando ansiosamente: -¿Me oyes? ¿me amas? ¿me entiendes?

Ahora ya no espero nada, aunque forzoso es que me vaya a alguna parte.

Quisiera que el filtro de la ilusión volviera a mí otra vez para poder reunirme contigo; te pediría que volvieras a tu vieja costumbre de incluirme en tus días. Pero ahora ya no puedo hacerlo, no. Me moriría de indiferencia por ti y tengo que marcharme. ¡Adiós!...

## XXII Las parejas y yo
### Francisca Sastre

Me gustaba sobre todo la diversidad de matices, y aquel día pude encontrarlo plenamente; lo múltiple y lo diverso surgioron en una serie de escenas diferentes.

Pude contemplar el rostro de Andrea que miraba con ojos dulces a su marido. Tenía una dulzura especial aquella mujer, pero a los pocos minutos la vi llenarse de rabia e indignación. Su marido no le hacía mucho caso, la contradecía a menudo, tenía un gesto fatigado y soñoliento como si hubiese tomado drogas; no miraba a las mujeres bonitas que había, ni tampoco a su esposa. Y entonces es cuando presencié la discusión de aquel matrimonio. No disfruté lo más mínimo al principio, sino que me pareció algo embarazoso; pero luego fui adentrándome en el problema y sólo pude darme cuenta de que era interesante. Desde aquel día sabría cómo era una discusión matrimonial, cómo gritaban las mujeres dulces y cómo los hombres fatigados recobraban una energía indescriptible.

Pero lo más curioso era que Marta y Lavinia, aquellas muchachas despreocupadas, de belleza rara, que tenían una risa masculina, no prestaron ninguna atención y siguieron hablando de sus cosas, y aquel hombre sociable y cortés, no dejaba de hacer sus galanteos mientras aquel grupo de jóvenes continuaba fumando y charlando sobre coches y deportes. No había nada forzado en su actitud, sino que de verdad no parecían enterarse de la discusión que tenía lugar allí mismo. Parecía como si aquellas personas no estuviesen en la misma sala; la ceremonia de las sillas, de las manos que se habían rozado al entrar, no era más que apariencia. Tan sólo yo, una recién llegada, podía reunirlos en mi mente, pero no había ninguna conexión entre sí; cada uno encerrado con el interlocutor elegido y dejando a los otros seguir su curso como quisieran. Era verídico su desconocimiento de los otros; si no les preguntaban su opinión, ellos no se permitían el lujo de conmoverse, abrir la puerta y pasar a la sala donde alguien vivía, fumaba o discutía.

Me pregunté maravillada lo siguiente: Si se hubiese cometido un crimen allí,

¿Se habrían dado cuenta? ¿Hubiesen reaccionado marchándose lentamente mientras seguían comentando sus cosas? Ahora comprendía el espíritu de algunas ciudades populosas y cosmopolitas; todos eran indiferentes y no estaban pendientes de nadie.

No dejaba de ser una sensación liberalizadora. Nadie se ocultaba, porque nadie los perseguía... Sabía que si yo, siguiendo el ritmo de mis tristes recuerdos, me hubiese puesto a llorar, ellos no se habrían fijado, ni me habrían pedido motivos. Era extraño y era la primera vez que me ocurría. Yo venía de otro mundo, siempre me habían enseñado a evitar las situaciones embarazosas y a no mostrar los sentimientos cuando había varias personas juntas, pero ellos tenían una filosofía distinta.

Andrea y su marido proseguían en su discusión. Ella exclamaba:

-Te crees muy superior a mí y me respondes con ironías; luego tienes ese aspecto de enfermo, de encontrarte mal, y sin embargo no quieres que te cuide.

-¡tus cuidados, estoy harto de tus cuidados! parece que hagas mucho y en el fondo no haces nada...

-¿Qué quieres que haga? Eres un ser insoportable, un nihilista que convierte en polvo y ceniza todas las acciones.

-Debieras quedarte inmóvil, más relajada y no preocuparte tanto de mí. Siempre piensas en trabajar, eres inquieta y caótica, duermes pocas horas, me obligas a seguirte a mí también y no sabes que estoy muy, terriblemente fatigado...

-Sí, ya sé. Es el espíritu que os caracteriza a todos; provienes de una familia de seres inmóviles.

-No mezcles a los míos en esto. No eres una mujer bonita ni inteligente y tu sola ambición es disimularlo, por eso quieres hacer algo a toda costa y te mueves, te mueves... constantemente. Conozco ese proceso mental.

-¡Te odio! Eres odioso e incluso vulgar en tus insultos.

Andrea lanzó un grito y pensé que iba a romper algo; creí que todos iban a girar la cabeza o a toser embarazadamente, pero no. Ellos continuaron sentados con su abrumadora naturalidad. ¿Era posible que existieran personas así? Mi sueño de lo diverso se realizaba: muchos mundos anunciando sus productos a la vez con variedad arrolladora, un poco inhumana.

Marta y Lavinia explicaban cómo un hombre se había enamorado de las dos sucesivamente y ambas le habían dicho que no...

El hombre sociable y cortés revisaba uno de sus gestos en el espejo, mientras se preparaba para dirigirse a alguien.

Los jóvenes estaban entusiasmados, envueltos en una descripción sobre la velocidad y el tráfico. Uno de ellos contó que un amigo suyo había sufrido un accidente terrible, y él se hallaba muy impresionado.

Era curioso, era curioso, pensé. "No están en la misma sala. Forman grupos distintos y no se ven mutuamente."

Sin embargo, hubo un momento en que todos estuvieron de verdad unidos y la indiferencia general se desvaneció. Fue cuando apareció aquella muchacha rubia, de ojos azules. Aquel día era su cumpleaños y todos parecían quererla mucho, porque enseguida se deshicieron sus barreras... Se abandonaron las charlas; Andrea y su marido dejaron su discusión y se dieron la mano amistosamente; todos volvieron de sus sitios lejanos y nos reunimos para brindar, para desear muchos años de vida a aquella joven rubia. Fue un momento emocionante, y de pronto, me pareció como si fuéramos una gran familia. Sabía que si en aquel momento hubiese comenzado a llorar. Ellos me habrían consolado; resultaban muy sinceros e nconsecuentes en su atención o en su falta de atención hacia las personas.

Entonces, en medio del júbilo, de aquello tan interesante, me vino a la memoria un nombre semi olvidado, pero que venía siempre como una sombra de recuerdo, cuando yo vivía algo que valía la pena.

"Me gustaría que él estuviese aquí conmigo para que me diese su opinión sobre ellos, para que compartiese mis emociones."

Luego, los dos formaríamos una pareja más y yo ya no estaría sola cuando aquella familia momentánea volviera a su indiferencia de antes, a su diversidad de matices. Nosotros habríamos añadido un matiz más con nuestra presencia...

## XXIII  Historias de risas diversas
### Manuel Quintana

Yo soy la risa irónica, un poco extraña y retorcida. Mi orgullo es que muchas personas inteligentes ríen así. A veces envidio ligeramente a la risa alegre, natural y espontánea, pero yo soy menos superficial, soy más profunda y verdadera; es como si me burlase de la comedia excesiva y de la tragedia excesiva; soy la parte pensadora, equilibrada del buen humor.

Hace muchos, miles de años, alguien rió así por primera vez. No importa quien. Quizás alguien rió así en plena discusión, causando la ira de su interlocutor. O tal vez algún ser fracasado se rió de sí mismo, porque no había inventado nada. Desde entonces soy el arma de los superiores y los misteriosos, los consejeros monosilábicos, de pocas palabras. Los jóvenes contra conceptos retrasados se ríen de esta manera, todos los que ridiculizan una situación y emplean la energía de la sátira.

***

Yo soy el paria de las risas. Algún genio me castigó por mi soberbia de un tiempo lejano que ya no recuerdo, soy esa risa tímida, un poco estúpida y nerviosa, crónicamente enfermiza de tan repetitiva y artificial, que se produce en los seres afectados por una gran conmoción o en los apocados, vacíos de conversación interesante. Siguiendo su rastro, el de ellos y el mío, advierto que muchos llorarían en cualquier momento si pudiesen. Soy pues como una lágrima de la risa, que es sólo un intranquilo y tembloroso rebote exterior; pero también soy portavoz de cierta salvación. En muchos casos, soy el prólogo de la dicha. Muchos enamorados han reído así, y artistas cohibidos a punto de realizar una obra muy difícil. Después, ya se han mostrado de otra forma, más seguros y menos torpes. Pero yo he sido el primer momento de intentar reírse. Entonces, me despido secretamente de ellos y estoy complacida de haber llenado un silencio embarazoso cuando me necesitaban en un día sin brillo.

***

Yo soy la risa hipócrita, cortés y social del que ríe sin ganas sobre una broma u anécdota. Soy tal vez una de las más frecuentes entre seres mediocres y también elevados. Me doblego como una serpiente, me inclino con una reverencia para el interlocutor, como una halagadora caricia de servilismo.

¡Es tan fascinante aparentar lo que no se siente! Al principio, lo tomé como un juego divertido para despistar a los dioses monótonos que no conocían el deleite de la doble intención Y después, me he convertido en una necesidad para muchos de sonar zalameros, aparentar jovialidad y hacer el papel.

A veces gusto, y otras, me miran con desprecio. Los "sinceros" son los tipos más difíciles y malos, los que lo estropean todo. Cuántas veces se repite el caso del modesto empleado que ríe así, fastidiado interiormente, y el jefe le mira con una gran fatiga al ver ese eterno pliegue impersonal y ese esfuerzo fallido de risa que no acaba de ser auténtica. El verdadero hipócrita es el que sabe serlo sin que se le note; tal es el gran secreto... Pero temo que me estoy sincerando demasiado en esta descripción de mí misma.

Lo cierto es que la mayoría me quieren, porque soy suave, pretendo agradar y no quiero ofender a nadie. Soy la voz de una colectividad de acuerdos mutuos y de transiciones diplomáticas. Cuando me infiltro en los labios de alguien, procuro recomfortarlo con una especie de cumplido dulzón: "Tú eres inteligente, por eso puedes engañar a los demás" o bien: "Es necesario que rías para el goce de tus semejantes. Así serás mejor considerado y tratado en sociedad".

***

Yo represento la sana alegría, efusiva y vital. Soy la carcajada abierta, la risa de satisfacción pura, sin gérmenes nocivos de hipocresía, nerviosismo o ironía; descontaminada y libre. Soy la expresión encantadora de la felicidad quizás un poco inhumana e inconsciente, soy la intensidad del segundo que lo inunda todo de luz, el presente celebrado como un rito de filosofías instintivas.

La mujer acomplejada, momentáneamente libre de miedos y pesadillas, ha reído así; y el optimista despreocupado, algo vacío; al igual que el poeta, extasiado ante este goce supremo de vivir la vida plena y jubilosamente. Es conmovedor cómo todos se dejan sacudir por los efectos cómicos y entreabren los labios para que salga ese sonido majestuoso de la risa. A veces, la tristeza y yo hablamos largamente, porque las dos nos parecemos en algo, las dos somos esencialmente conmovedoras, volcánicas y desbordantes.

Tengo una lista escrita de todos los que se rieron más alto y más a gusto en el mundo. En la edad media no rieron mucho debido a la peste y en el siglo XX tampoco, debido a las guerras y a la bomba atómica; pero en el XIX sí que hubo algunas risas de calibre muy notable. Son como diamantes preciosos esos fragmentos sonoros. Creo que si pudiésemos reunirlos a todos en una gran sala, el mundo entero al oírles, empezaría también a reírse contagiosamente. Pero todos son infieles y al cabo de unos instantes aparecen todos secos de risa como criaturas de amarga fatalidad. No comprendo el motivo, pero me da pánico preguntar... ¿Serán los terremotos, los accidentes de coche? ¿Por qué se ponen tan serios?

Algún amigo quiere hacer reír a otro amigo y no lo consigue. Entonces, su risa se desvanece. Es un desterrado del rincón de la alegría y yo tengo que irme sin comprender las transformaciones. Sin embargo, tales derrotas son también temporales. Estoy contenta de que las posesiones sean efímeras.

A veces, bailoteo inesperadamente en los espíritus que casi me habían olvidado; en plena seriedad, despierto el buen humor de alguien y entre el asombro general vibro fuerte, llena de una positiva y excitante incredulidad hacia todo lo sombrío que me rodea.

Los himnos de la felicidad, como los del pesar, van esparciéndose por todas partes.

\*\*\*

Y junto a la alegría estallante hay otras risas más sutiles y difíciles de definir, por ejemplo, yo soy más que una risa una sonrisa y no sueno casi, apacible, angelical y divina, como la de los niños soñando en voz alta o escuchando cuentos fantásticos; a veces, personas con cierta espiritualidad y dulzura consiguen esa risa de bienestar, armonía y tranquilidad como en una bañera tibia y agradable cuando no hay tensiones de ninguna clase y el alma suspira.

Pero hay también la risa más apegada a la tierra y verdaderamente la menos angelical, que es como un diablillo. Yo soy esa expresión picaresca, un tanto maligna, pero simpática, que precede a las grandes travesuras.

Un pícaro sin mala intención hace que la gente descubra las sorpresas de una situación jocosa que casi nos hace llorar de tanta comicidad, y es como si nos hicieran cosquillas por todo el cuerpo. Eso sucede principalmente cuando las personas se cuentan chistes. No es en tal caso una risa de alegría, pero sí de tomar parte en una travesura muy sabrosa y excitante.

***

Me llamo Manuel Quintana. Solía reírme y llorar a la vez cuando escuchaba los discursos de Franco. Me reía de su tartamudeo, sus mentiras y su ineficacia oratoria, y lloraba, porque era un hombre tan poderoso.

Hoy acababan de contarme un chiste sobre Franco y la iglesia y me reí como no lo había hecho nunca hasta entonces, estruendosamente, como un loco, saltándome las lágrimas y casi que me faltaba el aliento de tanta risa. Pero de pronto tuve miedo y me contuve cautamente. Mi risa sonó muy baja, como si sólo viviera igual que una canción, un ritmo quejumbroso, para estar sólo dentro de mí. Claro es que después al llegar a casa me puse de nuevo a reírme ruidosamente y hasta me meé. Y luego se lo conté a mi mujer, y nos reímos los dos juntos durante más de un cuarto de hora.

## XXIV  Lentitud de reflejos
### Carlota Jurado

De nuevo sentí aquella sensación de irrealidad. Había estado pronunciando palabras, pero ya me parecía como si no las dijese; mi cerebro se partía en dos, y sólo una parte de mi cerebro se quedaba pensando de modo racional: "Debes lanzar frases al exterior."

Hacía ya tiempo que me preocupaba aquella sensación de irrealidad y de no poder fijar mi consciencia en lo inmediato y posible. Después, como consecuencia de

lo mismo, venía mi lentitud de reflejos, cuando me quedaba preguntándome dolorosamente si habría oído bien o no, si habría contestado bien o no, si me habría comportado del modo debido y acorde con cada situación.

Las causas de ello había que buscarlas quizás en mi falta de entusiasmo. Quizás si me hubiese apasionado por alguien o algo, mis reflejos habrían vuelto a ser rápidos y claros y yo me habría sentido el ser más real de la tierra.

Me pregunté si en el pasado lo habría sido. Sí... en algunos momentos, pero ahora siempre estaba estropeando las cosas con mi costosa y retardada percepción de los hechos e imágenes. Estaba segura de que éste era el motivo de que la gente me mirase con malos ojos. Algo no marchaba en mí, y mis cualidades de asimilar y coordinar no llegaban hasta mucho tiempo después de lo necesario, cuando los sucesos ya no podían evitarse.

Aquel día, la mujer de mi hermano me había estado hablando con insistencia, porque necesitaba desahogarse de sus preocupaciones y yo creí estar atendiéndola lo mejor posible; pero de pronto se agudizó aquella sensación de irrealidad y mi cerebro se partió en dos como de costumbre. Ese debía ser el motivo de que mi nerviosa cuñada empezó a poner cada vez más mala cara. El caso fue que cuando se marchó bruscamente, parecía como irritada, enfadada conmigo. ¿Habría hecho algo sin darme cuenta? Quizás yo me había quedado en silencio, ausente ante sus quejas; quizás no era la reacción que ella esperaba, mi pequeña y débil exclamación; quizás no me había horrorizado lo suficiente ante la mala noticia que me había dado.

Cuando me ocurría esto, no podía precisar nada; la culpa era de mi lentitud de reflejos. Yo hubiera querido pedirles a las personas que me esperasen, que me dejasen unos segundos para reflexionar; pero cuando volvía fugazmente a la realidad o intentaba alcanzarles, ya era demasiado tarde. ¿Por qué se iban las personas tan de prisa?

Mi cuñada sobre todo, nunca me dejaba ver las torpezas en que había caído, únicamente que tenía motivos para ofenderse; huía de mí, bajaba los escalones de dos en dos y su cuerpo febril y angustiado se movía en todas direcciones hasta producirme vértigo. Llegó a ser una tortura seguir sus ideas, que saltaban de una cosa a la otra.

Aquella vez la llamé expresamente de vuelta con una voz suplicante, pero sólo oí el ruido de sus potentes tacones alejarse estridentemente. Me quedé pensativa. Aunque no me importaba ninguna persona en particular, me inquietaba el problema psíquico dentro de mí. Comprendía que aquélla era la razón de que hubiese fracasado en muchas de mis empresas, la inadaptación y lejanía que me impedían reír ante una broma, afirmar o negar un proyecto con la palabra exacta, responder con violencia justificada a los insultos y con amor a la pasión de alguien. Quizás había decepcionado a muchos seres con mi falta de espontaneidad que yo misma odiaba. Cuando algo me cogía inesperadamente, lo miraba todo en un pánico de desorientación y me decía:

-¡No entiendo lo que pasa!

Les hubiera pedido que me lo explicaran otra vez, que me dejasen pensar... pero ¿Cómo decirles que tenía aquella bruma mental, sin saber desde cuándo, desde algún episodio intransigente e inconmovible? ¿Cómo decirles que trabajaba y vivía normalmente, y sin embargo, muchas veces dudaba de que fuese yo quien estaba allí?

A menudo no seguía los caminos más fáciles que las personas me indicaban seguir: Así, una tarde me encontré discutiendo con el hombre más inteligente que conocía y llevándole la contraria. En realidad yo no deseaba la discusión y estaba de acuerdo con él, pero comencé a hacerlo casi sin darme cuenta.

Luego, durante el nacimiento de mi sobrina, mi reacción tampoco gustó a los míos. Me quedé como paralizada por la sorpresa, sin poder compartir la alegría general.

Y una vez, cuando mi padre me dijo que yo era su hija predilecta, me quedé repitiéndome aquella palabra: "predilecta" como si fuera un enigma extraño, y sólo al cabo de unos minutos pude ofrecerle una parte de mi cariño.

Mi joven admirador de cinco años atrás, que ahora ya no estaba, debió sentirse confuso más de una vez cuando yo no parecía entender su conversación y puntos de acercamiento. Así era mi vida...

Mientras reflexionaba sobre ello, tras el portazo de mi cuñada y el portazo de todos los que no supieron arrancarme de mi sopor, me dije que todas las felicidades eran relativas, pero la mía, mi mayor placer, habría sido sentirme real... tener la inteligencia ágil de los hombres despejados y veloces, para captar y sujetar firmemente muchos mundos sin esfuerzo...

-¿Qué te sucedió exactamente, Carlota? ¿Desde cuándo estás así? -me pregunta a veces alguien que nota una mueca de sufrimiento en mi aspecto aparentemente tranquilo.

-Dicen que tal vez se debió a un chock sufrido, seguramente cuando me torturaron en la prisión, pero yo ya no me acuerdo bien, era muy joven por aquel entonces....

## XXV  El intermediario
### Ramiro Segura

Yo siempre fui una figura secundaria, por eso me dieron el papel de intermediario, mensajero de unos y de otros, transmisor de claves y condiciones, no sólo en los negocios, sino en la vida sentimental y familiar. Las personas de verdad importantes, mucho más que yo, me pedían que les uniese, que les proporcionase algún encuentro, o que interviniera para arreglar algún caso de discordia. Yo me sonrojaba y exclamaba:

-Veremos si puedo hacer algo.

Me sentía un poco incómodo ante mis nuevas responsabilidades, pero con el tiempo ya me fui acostumbrando a mi papel. Tenía una gran simpatía por todos y conocía a mucha gente; la mayoría sólo me trataban por eso, mis servicios inoficiales como intermediario que otros les habían recomendado encarecidamente. No podría definir quiénes fueron los primeros, ni si los últimos se sentían atraídos hacia mí o hacia las relaciones que podía proporcionarles. Tampoco me preocupaba mucho por ello. Yo me introducía hábilmente en todas partes con la mejor intención y me distraía de la manera más inofensiva. Era de verdad un ser inofensivo; me gustaba ser el ángel bueno, el puente y enlace providencial para los individuos que vagaban sin rumbo fijo. Sin embargo, debo reconocer que a veces no tuve éxito y fracasé de una manera lamentable, como en el caso de Zacarías y su hija Martina.

Ambos habían formado una familia armoniosa y feliz, hasta que un día la muchacha se rebeló y quiso casarse con un cierto artista contra la oposición de su padre. Éste me pidió con su tímida y delicada sonrisa que demostrase mi amistad por él, que hablase a la niña e intentase devolverle la razón.

A mí me ilusionó la idea de presentar un argumento persuasivo que la salvase de cometer un desastre. Pero cuando llegó el momento, Martina me recibió con una decisión férrea desarmando todas las tácticas diplomáticas que llevaba preparadas. Todavía no había empezado, cuando ella dijo:

—Hace mal en ser intermediario en esto. Vd. no sabe que mi padre está equivocado y seguirle sería un error enorme, una sentencia de muerte para mí. Está poniendo su oratoria al servicio de una causa muy débil; yo debiera tratar de convencerle para que intercediera ante mi padre y consiguiera su consentimiento a nuestra unión. Pero sé que produciría una gran confusión en usted. y además lo considero absurdo. Creo que las personas deben entenderse directamente. Por mi parte, aboliría a todos los intermediarios.

Así es que me sentí abolido y esfumado por primera vez y con un amargo sabor en la boca. Yo quería hacer el bien, pero la hija de mi amigo me había dicho que no sabía discernir entre las causas débiles y las fuertes encomendadas a mi cargo. Desde entonces me propuse ir con más cuidado y analizar mejor antes de meterme en nada; pero muchas veces volví a caer en la tentación.

Además, toda mi experiencia no me servía para impedir que algunos seres me utilizasen con fines poco transparentes y hasta perversos. Había en mis anales de intermediario, sobre todo, una historia bastante desagradable que siempre recordaría.

Elena Nicer era amiga mía. No se necesitaban muchos trámites para serlo y como es lógico yo no llevaba ningún historial de nadie; no sabía nada de su vida anterior, sólo que un novio suyo había muerto amargando su juventud; pero su cara todavía fresca y hermosa era una de las más frecuentes y familiares a mis ojos.

Ernesto también era amigo mío, y un día emprendí el juego travieso de presentarles mutuamente y hacer que se conocieran más. Pensé que Les sería un contacto beneficioso. ¿Por qué no? Ambos eran jóvenes e inteligentes. De no ser por mí, nada de todo lo malo que sucedió habría ocurrido... y me acusé de ello muchas veces después, porque había sido una mala idea por mi parte el querer juntarlos.

Los dos, debo decirlo, tenían un carácter extraño, solitario y de morbosas ambiciones y complejos. Eran como los héroes de una novela retorcida, trayendo una antiestética fascinación: la decrepitud y lo anormal. Ya desde siempre los encontré un no sabía qué inquietante, aunque no me había fijado mucho hasta entonces. Por separado, no se les notaba claramente, pero juntos... llegaron a potenciarse hasta el infinito y complementarse en un aumento muy considerable de su defectuoso negativismo esencial.

De lo que sí no había duda era de que no eran indiferentes el uno al otro, pues enseguida se buscaron sus miradas y casi se persiguieron en su diálogo. Aquél me pareció un buen principio y por eso les proporcioné más ocasiones para verse.

Ya imaginaba ser el intermediario para un futuro de amor, pero en lugar de amarse, lo que hicieron fue comenzar a odiarse con una violencia incomprensible. No acababa de entenderlo. Y sin embargo, era evidente. Sólo se buscaban para humillarse y definir más una especie de rabia salvaje que rompía las normas de toda corrección. ¿Cómo dos personas que acababan de conocerse, tenían tanto interés en hacerse daño? A veces me preguntaba si no se habrían conocido ya antes y no habrían compartido alguna negra aventura en alguna época pasada. Pero no, yo los presenté aquella tarde y el choque de sus existencias había sido espontáneo; provenía de sus caracteres curiosamente parecidos, dados al desarrollo de un sentimiento que yo no había visto jamás: el odio sin previos motivos.

Los motivos vinieron después y la negra aventura también. Hubo algo íntimo entre ellos porque llegaron a vivir juntos; debió ser como un pacto mutuo para convertir en sólidos y justificados los sentimientos instintivos de rabia que ya les embargaron en la primera media hora. Su reacción no era huir del odio, sino adentrarse en él cada vez más. Éste fue tan grande al final que tuvieron que separarse tras escándalos y tempestuosas escenas, y cuando los veía por separado o pensaba en ellos, me sentía algo responsable. Yo había sido el intermediario en tan desgraciado asunto, el animador de sus contactos, y ahora lo comprobaba con alarma; yo había juntado aquellos dos espíritus enfermos que no debieron haberse encontrado jamás.

Sin embargo, ellos continuaban siendo mis amigos. Después de aquello, habían quedado como almas en pena y no parecían sentir ninguna satisfacción, aunque yo confiaba que con el tiempo llegasen a tener algún aliciente, cada uno a su manera.

Aquel día Elena vino a verme. Tenía un aspecto pensativo, como si hubiese reflexionado mucho, y todavía parecía estar reflexionando cuando me tendió la mano y se sentó en una silla. Su conversación me sonó agitada y artificial, pero luego empezó a hablar sin rodeos.

Mientras fumaba un cigarrillo nerviosamente, pronunció la frase resumen de toda una historia:

—Ese hombre que me presentaste... hace ya unos tres meses que no le veo. ¿Cómo está?

—Sigue igual su vida de siempre.

Noté que ella se expresaba con dificultad, como si aquel papel de solicitud, le costase lo indecible. Pensé que quizás iba a insultarle y criticarle como ya había hecho otras veces para saciar su resentimiento. Pero no, ella rió de la manera más seductora y murmuró:

—¿Podrías hacernos un favor, amigo, la última cosa por nosotros? Sería algo transcendental, aunque tú no lo creas.

—¡Algo por vosotros! —exlamé sorprendido.

—Sí, necesito verle, pronto...

Había cesado de reír y sus manos se crisparon sobre la mesa. Comprendí la gravedad de sus palabras.

—Pero ¿no decías siempre que le odiabas? —continué yo.

—Sin embargo, tal vez no fuese cierto... Quizás le amo y no lo sabía. El caso es que la vida se me hace difícil sin él y debo hacer algo...

Su voz era ronca y los ojos le brillaban de una manera apasionada. Nunca podría entender a aquellas personas enigmáticas, me dije. Creí notar que se refería a él con el mismo tono agresivo y no de cariño, y había en su ademán una extraña falta de convencimiento, como si intentase engañarse o engañarme a mí. Sin embargo por otra parte, parecía anhelante, suplicando mi intervención y repitiendo una y otra vez:

-Le amo, le amo... Tienes que ayudarme.

-¿Estás segura? -seguí preguntando-. ¿No es sólo un impulso pasajero? Es difícil olvidar cuando han habido cosas tan desagradables entre vosotros.

-Todo puede borrarse en un segundo -afirmó ella -. Sólo te pido que le hables y se lo digas. Dile que el final del odio ha llegado y él entenderá mi mensaje. Dile que no puedo soportar la rutina, que cuando le conocí, él la rompió y ahora no puedo vivir como si tal cosa, como si no le hubiese conocido. Sé que sus sentimientos son idénticos a los míos.

De nuevo, creí advertir en su voz aquella ausencia de sinceridad inquietante. ¿Era ésta una declaración de amor fresca y esperanzada? Era extraño que no hablase de matrimonio, de proyectos futuros, o de celos posibles hacia otra mujer. Pero los dos eran personas complicadas y yo no podía esperar entenderles del todo.

Ella prosiguió mirándome con fijeza:

-¿Querrás ser nuestro intermediario una vez más? Él no sabe donde vivo. Tú le darás mi dirección y le dirás que le espero mañana a las cuatro de la tarde.

-Está bien -murmuré contagiado por su misma vitalidad y decisión-. -La verdad es que yo siempre deseé que os arreglarais de algún modo... Formáis una pareja tan inteligente y tan agraciados los dos físicamente. Era algo absurdo una antipatía así y en fin... ahora me alegraría si hay, para vosotros un final feliz.

-Gracias -dijo ella entre dientes-. Tú eres el único amigo mutuo que tenemos.

Y me alejé de allí con una extraña sensación...

Sin embargo no había nada malo en que los dos se vieran y en darles otra oportunidad, pensé. Luego acabé por sentir bienestar. Ellos harían las paces; yo sería el introductor de las mágicas palabras reconciliadoras.

Ernesto me recibió con su aire de no querer ver a nadie. Se había vuelto muy insociable y huidizo durante el transcurso de aquel invierno, pero cuando comencé a hablar de Elena, sus facciones se animaron. Fui yo quien a través de nuestra conversación, se fue volviendo un hombre decaído y atenazado por la sorpresa más cruel y angustiosa de mis días.

-Ella quiere verte -expliqué.

-Lo sabía, lo estaba esperando... -manifestó él, respirando hondo.

-Lo cual significa que te agrada la idea.

—Me agrada porque es definitivo, y yo detesto las cosas a medias.

—Elena dice que te ama y ya no te odia...

Entonces él me miró un momento como sin comprender; pero luego pareció dar con la solución.

—¡Ah ya! Esa es la capa superficial para que tú no tuvieras miedo; y en el fondo quizás sí, nos amamos... No sé bien lo que es esto: una especie de pasión trágica y obsesiva.

—Estás desvariando de tanta emoción, estoy seguro. Los dos tenéis reacciones muy raras y ya no debiera asombrarme.

Ernesto cubrió su frente con las manos mientras decía:

—Ella sabe disimular más que yo; no podré resistirme a serte sincero y explicarte lo que sucederá mañana...

—Espero que os entenderéis de una vez. Habéis perdido el tiempo miserablemente y hay que ser prácticos ahora. Ella dijo: "El final del odio ha llegado".

—Sí, entiendo el mensaje; lo Convinimos para señalar la hora del crimen, nuestro odio que sólo puede acabarse con la muerte.

—¿Qué?

No había duda de que sus labios se habían movido y sus ojos conservaban aquella expresión de frialdad intensa cuando mencionó la palabra: crimen. En su estado de ánimo parecía haber olvidado mi presencia; ya no hablaba conmigo, sino consigo mismo:

—Es el único modo para estar tranquilos, utilizar el grado más supremo de destrucción.

—Pero ¿quién destruye a quién? ¿Comparte ella tus mismas intenciones? -pude articular todavía.

—Sí, hicimos un pacto; al principio no queríamos ser unos criminales; hicimos la prueba de separarnos y tratamos de llevar una rutina decente y honorable, tener las manos limpias a pesar de haber odiado tanto. Pero en el fondo, sabíamos que sería inútil. Después de habernos conocido, ya nada sería lo de antes. Nos fuimos a lugares distintos, donde no pudiéramos encontrarnos mutuamente, excepto en el caso preciso de terminar... Una fuerza superior nos arrastra el uno al otro. Continuamente pienso: "La persona más odiada del mundo vive en el mundo, y entonces hay que matarla, hay que hacer algo, porque nos sobra..." como una injusticia permanente, nos ahoga su proximidad a distancia, y esto es lo que sucederá mañana...

Como siguiendo una pesadilla murmuré:

—¿Quién morirá de los dos?

—Uno o tal vez los dos. ¡Qué más da!...

Me pareció como si estuviese oyendo a un loco demente. Así es que ella también estaba de acuerdo en su siniestro plan. Ahora comprendía por qué se había reído de mí en silencio varias veces, cuando yo hablaba de una vida hermosa para ambos. Ernesto volvió a la realidad súbitamente y me observó; luego dijo, como intentando humanizarse ante mis ojos:

-Ya no podemos más. Hemos hecho todo lo posible para evitarlo.

-Aún puede evitarse. ¿Es que ella no te inspira compasión? ¿Vas a romper su juventud? Al fin y al cabo es una pobre muchacha.

-Sí, una pobre y detestable muchacha -agregó él despiadado.

Casi no pudo reprimir una especie de euforia y rapidez al preguntar:

-¿Y dices que me espera a las cuatro de la tarde? Bien, dame su dirección.

Me quedé en suspenso unos segundos con la frente llena de sudor, preparando mi negativa.

-Comprenderás que ahora ya no puedo hacerlo... Una cosa es una cita de amor y la otra, una cita criminal, y yo no quiero intervenir en eso.

-Pero, no seas absurdo. Las personas son libres y tú no tienes la culpa de nada.

-Sin embargo, yo no quiero ser el intermediario en una cosa tan terrible. Proporcionaros hasta la llave, la hora y el sitio, no, no... Yo no tengo una mentalidad rara como la vuestra, que jamás entenderé. Por fortuna, no sabes donde ella vive y cuando lo sepas, quizás ya habrá pasado esa locura momentánea.

Ernesto se exasperó entonces. Con tono amenazador y a la vez casi llorando, musitó:

-No, tú no nos llevarás de nuevo a esa rutina insoportable de odiar sin acciones, sólo con la mente. Dejarás que la vea mañana, ¿verdad? o de lo contrario me suicidaré.

Me dí cuenta de que en efecto era muy capaz de hacerlo, pues estaba al borde de un ataque nervioso. Entonces automáticamente, cogí mi pluma y escribí una dirección falsa, la primera que se me ocurrió. Por lo menos a la mañana siguiente no iban a encontrarse los dos y el crimen no se realizaría. Yo lo había desviado... por lo menos, no mezclarme en él, no ser yo el espíritu despistado del que se valieron para efectuar su escabroso pacto.

En los días que siguieron, huí de mis amigos y ellos tampoco me buscaron. No supe nada de ellos durante bastante tiempo.

Un día encontré a Ernesto por casualidad y éste me sonrió de una manera inexpresiva:

-Ya veo que no sabes escribir, ¿eh? Me distes una dirección falsa...

-¿No me lo agradeces ahora?

-No -luego se encogió de hombros y añadió-. En realidad eres un tipo absurdo. ¿Te crees que hablaba en serio? No, hablé en broma. La verdad es que yo no sería capaz ni de matar a una mosca.

Pero yo me dije que mentía y que a mí no me perdonaba, aunque reservaba todo su odio hacia aquella mujer, Elena...

Las personas complicadas siempre jugaban a cartas escondidas, ambiguas y poco nobles. Y por eso me dije que ya no volvería a ser un intermediario jamás entre personas de aquella clase tan oscura.

## XXVI Finales amables
### Pepita Márquez

Yo era una pobre lectora zarandeada por el epílogo o las últimas líneas del capítulo final que ya no nos dan opción a seguir leyendo. Los personajes desaparecían y decían sus últimas frases... Yo me dejaba impresionar por "las últimas frases" tan impactantes y grandiosas, aunque sólo fueran la voz escrita de un tema de ficción.

¿Quién había tenido la brillante idea de pararse entonces, en el buen momento y sonreírme con aquel gracioso punto final? Entonces reflexioné que yo también podría partir mi vida en trozos y si consiguiese separar las células de mis épocas, obtendría finales parciales felices como aquél... Todo consistía en poner el punto final en el momento justo; por ejemplo, cuando me casé o cuando nació mi primer hijo... o cuando creí haber llegado a una comprensión clara y definitiva del mundo. Mi historia pudo haber terminado muy bien si no hubiese proseguido tan absurdamente con mi narración. Y aún ahora, mis dos eternos problemas: la falta de dinero y la necesidad de distraerme huyendo de la rutina diaria, a veces parecía que se resolvían. Una vez mi marido ganó una suma bastante considerable. Yo me decía: "Seremos ricos. Compraremos una tienda y una casa más grande."

Pero luego gastamos todo el dinero en una mala época. Antes, mi hijo me llevaba a muchos sitios interesantes e hizo cambiar mi vida de una manera muy agradable. Yo me decía esperanzada: "Seremos inseparables, siempre iremos juntos."" Pero luego vino otra época en que Daniel escasamente salía conmigo por falta de tiempo y de ganas. Y yo hubiese podido evitarme eso, si hubiese puesto un punto final en el momento preciso como siempre. Tampoco hubiese sido una mentira, pues cada instante tenía su verdad genuina. Lo de ahora no era menos parcial que lo de antes y toda historia, mi historia, podía terminar bien, sin falsificarla, sólo no dejando que el mañana la estropease con escenas posteriores menos brillantes.

Conservé el Libro de final amable en mis manos y lo acaricié con agradecimiento. Después me levanté sin hacer ruido; me fui a mi habitación y cerré la puerta diciendo a mis hijos que por favor no me molestasen, necesitaba descansar un rato. Ellos sabían que a veces me eran urgentes tales aislamientos. Entonces yo entornaba los ojos y me entregaba a una inactividad solitaria y a los juegos de mi imaginación que a veces llegaban a complicarse de forma asombrosa. Soñar era lo único que me estaba permitido.

Recordé el día de nuestra boda. Mi marido y yo eramos jóvenes. No había mucha gente, pero lo clásico en tales casos: gritos de admiración por nuestros trajes elegantes y apariencia risueña, tirarnos fotos, baile, celebración y nuestro futuro de dos, tan intacto y prometedor, sobre el que echábamos miradas fugaces de excitado júbilo a veces. Y aquí entraba mi fantasía aún más fuerte que mis recuerdos, mi fantasía, producto de mis reflexiones sobre aquel libro con final amable... Había entre los invitados un hombre bajito de cara muy viva, que nos observaba con ojos penetrantes. Al verle me dije que no era ninguno de nuestros conocidos, pero luego me olvidé de él. Fue al terminarse el refresco, cuando todos nos felicitaban y aplaudían que el hombre bajito se acercó a nosotros y dijo con gesto de conspiración:

-Ahora han de prepararse para La ceremonia del punto final.

Mi marido y yo nos miramos a los ojos como si de pronto supiéramos a qué se refería.

—¡Ah ya! Usted es el autor de los buenos finales -murmuré-. Y ¿qué hay que hacer en esta ceremonia?

-Lo verán ahora mismo. Por favor, síganme.

HipnoTizados por su dulzura dejamos a los invitados y le seguimos.

Nos llevó a una nueva sala del mismo hotel y allí, el autor Misterioso fue adquiriendo el aspecto de un periodista prosaico y corriente, por lo que me quedé algo decepcionada, pero estábamos también muy intrigados y llenos de interés ante aquella ceremonia.

Él nos dijo:

-Debería hacerles algunas preguntas para reconstruir su historia. ¿Cuándo se conocieron?

-Este invierno. Todo fue muy rápido entre nosotros'.

-Su pasión era desbordante, incontenible, lo sé. ¿Tuvieron que vencer

obstáculos y una dura oposición por parte de la sociedad?

-No, en absoluto.

Pareció algo contrariado y meditabundo.

-Si ustedes me permiten, yo pondré en mi libro que sí... de lo contrario no tendría emoción, ¿Lo comprenden?

-Sí, sí... Nosotros estamos demasiado contentos para querer desilusionar a nadie.

Nos interrogó sobre otras cosas y después nos tendió la mano diciendo:

-Les felicito muy sinceramente' Ahora pondrán su punto final y dirán su última frase.

Esta palabra me impresionó como siempre.

-"Última frase", ¿qué ha querido decir?

-Ya sabe, algo que quede bonito antes de desaparecer...

Mi marido me convenció con su voz tranquilizadora:

-Vamos, cariño, es fácil. No pretenderás que nuestra historia se quede sin final.

Entonces nos pusimos de acuerdo y dijimos impulsivamente aquello tan bonito:

-Somos felices y nos queremos.

Una banda de música comenzó a tocar. Aparecimos sonrientes, nos fotografiaron y después escribimos la palabra "FIN" con letras muy grandes. Aunque las novelas rosa en extremo, almibaradas y poco realistas, no me gustaban, aquella nuestra, ¿por qué no?

Sin embargo, más feliz aún que el día de nuestra boda, fue un día perdido en la extensión de los primeros meses de matrimonio. Mi marido había estado ausente durante varias horas y yo lo recibí con placer indescriptible. Preparé la cena y exclamé:

-Quisiera estar siempre así.

-No es posible –dijo él. -Lo Eterno cansaría al lector y todo tiene que acabarse, hasta el mejor libro.

Nos quedamos mirando las dos imágenes unidas que devolvía el espejo.

-En un libro todo es posible -dije yo con entusiasmo. -Nos podemos quedar así, inmóviles entre sus páginas; ya no tendremos que ser padres, ni abuelos, ni amigos de nadie, ni cambiar de ciudad, ni morirnos en un día terrible en algún hospital doloroso y frío.

-Sí, tendríamos que aprovechar este momento y hacer la ceremonia del punto final, ahora que aún no hemos muerto y podemos inventar un final amable. Pensemos en una última frase para nuestra historia. Tenemos que buscarla, y cuando ya la hayamos encontrado, entonces dejarán de latir nuestros corazones al unísono, nos caeremos al suelo y se romperá nuestro espejo.

-Por favor, no menciones estos detalles, no son muy bonitos. Y tampoco encuentro una frase que esté a la altura de nuestro final. Lo que dijimos en la boda era un cliché y ya no me gusta. Quizás aún nos quedan unos minutos para buscar una frase más digna, original y profunda.

-Pero no esperes demasiado. Ya se está haciendo tarde.

## XXVII  Incoherencia sin estar borrachos
## Julián Robles

Resulta imposible ser incoherentes cuando hemos tomado la recta costumbre de hilvanar frases y actos, para darles un matiz de unidad y de explicación verosímil; pero a veces, cuando alguien sufre una emoción muy intensa, la incoherencia flota y se apodera de él. Es un poco penoso y también fascinante ver a una persona sufriendo uno de esos momentos; es como si la incoherencia fuese el estado natural del hombre y la coherencia sólo un esfuerzo para civilizarnos, para que nos entiendan... para mostrarnos claros y armónicos y detener el avance de las imágenes incoherentes. Cuando vemos a un ser que parcial o totalmente no coordina, su misma supresión de cálculos y Orden se nos contagia. En el fondo no es cotidiano ni normal, pero sí más espontáneo y está muy cerca de todos. A menudo odiamos ese premeditado y constructivo hilvanar, hilvanar siempre. Tener que decir y hacer cosas que Sean plausibles.

Aquella tarde pude observar la incoherencia en Andrés, un muchacho de elegante porte, con el que hasta entonces había hablado sólo de literatura y socialismo. Aquello mismo de convertirme en su confidente íntimo en unos segundos y contarme sus cosas privadas, revelaba su desorden cerebral.

Algo le ocurría... La incoherencia de sus actos fue lo primero que vi.

Estábamos en una fiesta. Él cogió una silla, y sin embargo se quedó inmóvil de pie; tomó un cigarrillo con nerviosismo y después pareció desentenderse de él, como si no pensase ni remotamente en fumar. Varias personas le saludaron y él casi no se dio cuenta, En cambio, se acercaba a otras desconocidas, como si intentase recordar dónde los había visto antes.

Al fin me dijo:

-Vámonos de aquí, a tu casa.

Salimos, y luego fui descubriendo la incoherencia en sus palabras que reflejaban todas sus ideas atropelladamente; a partir de entonces, ya no fue capaz de hablar con regularidad.

La visión de aquel incoherente me dejó algo atónito y confuso, aunque yo también lo había sufrido alguna vez: el aplacamiento de la lógica, cuando todo se mezclaba y yo no podía separar nada; la única diferencia era que en tales casos me encerraba en mi habitación para que no me lo notasen.

Andrés murmuró:

-Fui para distraerme, pero no...

-¿Adónde?

-A ese lugar. Un lugar es lo de menos; no recuerdo bien... Quizás mis propósitos valgan menos todavía.

-¿Qué te pasa? ¿Te encuentras mal, o has tenido alguna pesadilla? -continué preguntando e intentando guiarlo hacia la claridad, porque yo aún poseía un espíritu coherente-. ¿Quieres que hablemos de tus autores predilectos, Chehow, Baroja, Dickens? Quizás ellos te despertarían de ese caos momentáneo.

-Terror de mi lucidez... ¡Demasiados nombres! Mi hermano me decía: "Te morirás leyendo." Allí había varias personas que me recordaban a alguien vagamente, pero todos los que lo hacen, se alejan de mí... ¿Te fijaste cómo no podían reconocerme?

-No, no sé a qué te refieres.

Él pareció muy conmovido y dijo:

-Esta mañana creí que yo tenía varios, muchos ojos, pero ella me dijo la misma frase de siempre: "Sólo puedes mirarlo a tu manera", Igual que en la pesadilla... Pero en la pesadilla ella no estaba, sólo mitades de presencia... Y ¿Cómo pueden mirarse las mitades de presencia? Creí haber empleado todos los medios posibles.

-¿Tuvistéis alguna discusión? -quise concretar.

-Sí, creo que fue eso en realidad, ella pretende ser mi amiga, pero yo no me dejo engañar tan fácilmente. No la conozco bien, no sé qué intenciones llevan las mujeres. Sentí una gran desconfianza desde el primer día. Allá, en la ventana, había un viejo muy tranquilo dormitando a su lado.

Pero yo no estaba tan tranquilo. Es bonita sin embargo, y más que bonita es etérea.

Jamás creí que el mundo pasional de mi compañero de charlas fuese tan retorcido; pero la verdad era que no me contaba nada exactamente y sólo seguía impulsos desordenados. Entonces exclamé:

-Eres como una obra abstracta que no sabemos lo que quiere decir y la miramos intrigados, preocupadamente, sin saber distinguir su significado.

-Sí, una obra abstracta. Mi padre me lo decía: "Hay mucho absurdo en ella; no hay por donde entenderla y debes esconderla mientras vivas." Siempre me he organizado mal y he ido a la deriva, en este último tiempo más.

-Siento que todas mis frases te recuerden a las de alguien.

Pero él no me escuchaba y prosiguió con sus imágenes rápidas y sueltas.

-Nunca la he visto asustarse. Me gustaría gastarle una broma para ver su reacción. Mi hermano sabía gastar bromas, y algunas de las mujeres que traté antes; había una que dijo esperarme en un sitio y después no la encontré. Pero no valía la pena. Tal vez podría preguntarle al viejo de la ventana si ya no está durmiendo, lo que sucederá...

-¿Crees que lo sabrá?

-A veces saben más de lo que aparentan.

-Sí, los más tranquilos e inofensivos tienen la clave, pero nunca se les puede sacar nada; sólo dicen: "No hay por qué temer." Me gusta que los años pasen tan de prisa...

De pronto él me había contagiado su incoherencia y yo también fui volviéndome un ser inconexo, indisciplinado mentalmente, como si al oírle, ya no tuviese que fingir más. Estuvimos hablando de cosas deshilvanadas mucho rato, sin temor a parecer locos y a pesar de que no habíamos tomado ni una sola gota de alcohol.

La incoherencia tenía un vago encanto y nos daba una alegría nueva; aunque después, pasado el momento, volviéramos a controlarnos y a ser los mismos de siempre, los eternos guardianes de lo plausible...

## XXVIII  Pequeño diálogo
## María y Lilí Guzmán

Su voz era poco clara e incompleta, como descendiendo de un ser todavía no muy adiestrado en leer y arreglárselas con el alfabeto. Pero Lilí había mirado fijamente las letras en un papel y ya conocía las formas de cada una, por lo que estaba muy orgullosa. Ella y su hermana María suspiraron hondo al quedar solas en su cuarto. Las dos niñas tenían el pelo rubio y una misma belleza atrevida, llena de vitalidad; también sus edades parecían idénticas, aunque había algunas diferencias.

Lilí comenzó impaciente, con su voz atropellada e inconfundible:

–Vamos a jugar a lo nuestro.

–No tengo ganas ahora –dijo María.

–¿Por qué? ¿Qué haremos entonces? Nos aburriremos aquí. Ya hemos estudiado bastante toda la mañana.

María se desperezó con aire soñador y murmuró:

–Nuestra profesora es muy inteligente.

Lilí: –No lo creas. Yo pienso que aparenta más de lo que sabe. ¿Te has fijado? Se pone muy tímida y formal cuando está con las personas mayores. No podría enseñarles nada. Parece como si les tuviera miedo, y en cambio, nosotras no tenemos miedo.

María: —No, no. Sólo nos fastidian un poco cuando se nos quedan mirando, mientras jugamos y dicen: ¡Qué bonitas son! ¡Quien tuviese su edad! ¿Qué quieren decir con eso?

Lilí: —No lo sé.

María: —En cambio los jóvenes de 20 años nos miran de otra manera. Muy superiores, como si estuviésemos haciendo disparates... Sin embargo, yo prefiero a esos jóvenes de 20 años.

Lilí: —Sí, a mí me gustan más los muchachos que las muchachas. No sé por qué será.

María: —A mí me es indiferente. Me gustaría ser mayor para poder fumar como la hija de nuestro vecino. Pero ella no parece contenta, está muy triste a veces y siempre que la encuentro, tiene dolor de cabeza.

Lilí: —¿Nunca te da caramelos cuando te encuentra?

María: —No. Ni a ti tampoco, ¿verdad? Casi no nos mira, ni nos apercibe siquiera.

Lilí: —Eres tonta si te preocupas por eso.

María: —Tú encuentras tonto a todo el mundo.

Lilí: —Bueno, dejemos eso. Vamos a jugar de una vez. Tú haces de tía Sara; yo entro con las muñecas y te doy un susto.

María: —Siempre tengo que hacer el mismo papel. ¿Por qué tengo que hacer siempre de tía Sara?

Lilí: -Porque tienes cara de tía Sara, no podría imaginarte de otro modo. Eres más alta que yo y de expresión más segura y fuerte.

María. -Estoy harta de eso. Me haces más vieja de lo que soy y por otra parte, resulta monótono. No quiero. Hoy haré yo tu papel.

Lilí: -Imposible. Tú lo harías demasiado insulso. No tienes mis aptitudes ni te has especializado como yo.

María: -Me niego en rotundo a hacer de Sara...

Lilí: -Si tuviera otra hermanita, podría prescindir de tí y casi lo deseo. Eres una persona muy desagradable.

María: -Tú debieras seguirme más la corriente, pero no me comprendes ni pizca. Soy una incomprendida. ¡Oh, dónde he oído esa frase? Sí, mamá lo dijo este mediodía. Nuestros padres estaban muy serios y de mal humor. ¿Te has fijado? Durante la comida nos preguntaron muchas cosas y eso es mala señal, porque no hablaron nada entre ellos. Luego oí gritos, muchos gritos desde el cuarto de baño. No es la primera vez.

Lilí:--Pero ¿por qué se discuten?

María: -No lo sé. Sus discusiones son distintas a las nuestras y dicen cosas terribles que no entiendo.

Lilí: -Y ¿cómo sabes que son terribles?

María: -Lloran, ríen irónicamente, de una forma que no aparece en los cuentos. Quizás no se quieren; quizás un día tampoco nos querrán a nosotras.

Lilí: -No seas mal pensada. Todos nos quieren, porque somos buenas niñas.

María: -No todos. Mari Cruz, la niña de los cabellos largos nos odia. Varias veces ha querido robarnos la muñeca y golpearnos.

Lilí: -Sí, y tiene una fuerza increíble. Es una fiera...

María: -Temo que nuestros padres tomen su misma expresión.

Lilí: -No puede ser. Ella es pequeña y ellos son grandes; los grandes son más civilizados.

María: -Es verdad, no roban ni pegan tanto. Ahora ya me quedo más tranquila. Recuerdo que nuestra profesora también lo dice, aunque ella a veces se equivoca y confunde los términos. Además, tal vez no se refiere a eso.

Lilí: -Me pregunto por qué los papás nunca celebran su cumpleaños y lo pasan sin darle importancia. Quizás si lo hicieran, serían más felices. ¿No crees que deberíamos darles esa idea?

María: -Sí, sería maravilloso... Papá dice que las celebraciones son demasiado caras. Pero podríamos aplaudir... usar la mesa como tambor, felicitarles, cantarles canciones... Eso sólo ya sería suficiente.

-Lilí: -No estoy de acuerdo. Pienso que en las celebraciones si no hay chocolatinas y pasteles es como si no se celebrase nada.

María: -Eres una materialista.

Lilí: -¿De dónde has sacado esa palabra?

María: -Seguramente lo dijo papá o quizás lo leí en alguna historia. ¡Cómo me gustan los cuentos! Casi desearía que las letras pudiéramos tocarlas con las manos como los ciegos. ¿Recuerdas a aquella niña leyendo en Braille? ¡Qué fantástico! Entonces podríamos acariciar las letras o arañarlas si son imágenes detestables.

Lilí: -Yo también he deseado lo mismo, arañar esas palabras malignas; pero no podríamos hacerles mucho daño, porque tenemos las manitas débiles.

María: -Ya crecerán.

Lilí: -Pero entonces ya no leeremos cuentos, sino novelas.

María: -Es lo más probable. Tal vez nuestros padres podrían salir en una novela. "La casa está silenciosa. Ellos se han marchado cada uno por su lado y no han salido juntos." Estaré triste hasta que no vuelvan para la cena.

Lilí: -No lo veo tan grave. Todo el mundo va por caminos distintos y no hay nada malo en ello. Tampoco nuestra profesora y la hija del vecino han salido juntas.

María: -Pero es muy diferente si nuestros padres van por separado... A veces no piensas ni lo más mínimo. Mañana nos levantaremos temprano... y esperemos que no suceda algo terrible.

Lilí: -Nada malo puede suceder, excepto morirse, y aún eso, la maestra dice que es un viaje muy divertido y que se pasa muy bien, si no encontramos al diablo.

María: -Es cierto, nada malo puede suceder. Ahora me siento alegre de pronto. He sufrido como una especie de crisis. ¡Ah, me gusta la palabra „cri-sis"! La hemos oído tantas veces en las películas.

Lilí: -Siempre sales con tus conocimientos, lo cual me fastidia mucho. ¿No estábamos hablando de viajes lo primero, antes de empezar con tía Sara y los papás? Quisiera viajar; podríamos jugar a eso. Lástima que me produce cierto miedo el ruido del tren.

María: -El ruido del tren es uno de los más inofensivos que existen. A mí en cambio, me asustan las explosiones del champagne cuando se descorcha una botella, y los petardos y fuegos artificiales en las verbenas, no puedo evitarlo. Los demás disfrutan y yo soy una cobarde. Pero todo irá marchando con el tiempo.

En efecto, con el tiempo iban a marcharse muchas cosas, no sólo el miedo infantil por una explosión. Otras cosas se acercarían más, el silabeo ya pronunciado de: incomprendida, materialista, crisis, alegría...

Pero entonces comenzaron a jugar súbitamente con una tremenda energía, como huyendo de sus fantasmas juveniles. Se pusieron en actitud de actrices mientras observaban sus caritas en el espejo y Lilí concedía al final con tono benevolente:

-Está bien. Como hoy has tenido mal día, yo haré el papel de tía Sara...

## XXIX  Erosiones destructivas
## Matías Osorio

Y como no podía destruir a los poderosos que gobernaban ya desde hacía tantísimos años, un día desvié mis agresiones a mi propio círculo, a los seres tan pobres y débiles como yo.

Lo había destruido todo fácilmente. Había como planchas rotas y objetos partidos por el suelo destartalado y sucio en el desván de mi espíritu, tras haberse producido aquella especie de erosión volcánica repentina. Mientras iba camino de mi pensión, casi estaba contento de que hubiese sucedido. El asombro que se reflejó en sus rostros ante mi explosión... cómo bajaron la cabeza mirándome contritamente, y cómo después, ellos también explotaron a su manera, dejando las sinceridades recíprocas desagradables salir al exterior. Pero cuando llegué a la pensión, agotada aquella salvaje euforia, me produjo tristeza haber destruido tantas cosas en un solo día...

Por la mañana me había levantado de mal humor. Pensé que todo lo que tenía, no valía la pena de conservarlo y me propuse romperlo en pedazos.

El dueño de la pensión era un hombre maniático, un poco raro. A mí me miraba con deferencia, casi con veneración, y me decía:

-Es usted un tipo interesante.

Y yo le respondía correctamente, con mi clásica suavidad:
-Usted también lo es.

Entonces nos sentíamos como dos productos dignos de tomarse en cuenta, dos hombres a Parte de los demás.

Pero aquel día me vi incapaz de hacerlo. Le dije que era la persona más vulgar de la tierra y que se dedicase a su mujer y a su casa, pues las tenía 3uy descuidadas. Supe por su silencio de tumba, que le había decepcionado.

Después destruí mi amistad con Lorenzo, mi amigo más íntimo. Le dije sin rodeos que estaba harto de aguantarle. Había salido con él sólo porque me aburría los domingos y no sabía adónde ir, pero ya encontraría a otras personas que supieran distraerme. Hasta entonces no había buscado en los lugares pertinentes... Él pareció conmovido y sorprendido al principio, sin embargo, pronto reaccionó mostrándome su creciente enfado. Dijo que era un ingrato y que como tal ya me había olvidado de las muchas veces en que él me había invitado a comer y al cine. Entonces yo contesté rabiosamente que siempre exigía algo a cambio y que de mí había exigido el servilismo. Él gruñó amenazador:

-Tienes un diablo en el cuerpo. Jamás hubo servilismo entre los dos, sino una verdadera igualdad. Pero has hecho bien en sacar lo que llevabas dentro; ya me decía todo este tiempo que estabas escondiendo alguna idea.

-¿Esconder? -grité yo-. De modo que es esto lo que pensabas de mí, que soy un ser premeditado... mientras que yo con mi ignorancia habitual te estaba hablando francamente.

-Me sacas de quicio. Tú has empezado primero. Vete, antes de que te odie a muerte.

Y por último, me puse a destruir lo que más quería: la relación con mi prometida. Ella se había retrasado bastante y mis nervios estallaron.

Cuando apareció, le dije que aquélla era la última vez que me ocurría, porque había resuelto terminar. Le dije que en realidad no me hacía ninguna ilusión casarme con ella. Todo había sido sólo un trayecto de rutina, planeado ya desde hacía años; pero ahora ya no quería más monotonía, deseaba lanzarme a lo imprevisible.

Ella comenzó a lloriquear con su dulce y asustada expresión y murmuró:

-Tú sabes que tengo muchos complejos. ¡Sólo me faltaba esto! Aún los haces más grandes... ¿Es que ya no puedo inspirar atracción? No te conozco; no puedes ser tú, sino otro, una especie de robot despiadado -y se quedó mirando perpleja cómo me marchaba.

Lo cierto es que todo había sido un mal impulso. Ahora que había pasado mi tempestad, lo noté claramente. Había reprimido mis crisis demasiado tiempo, y ahora todo había surgido de golpe, hinchando y reventando casi mis arterias. Necesitaba empezar todo de nuevo. Pero ¿cómo sin aquellos tres seres que eran mis únicos apoyos afectivos?

Ya me arrepentía de ello; tendría que volver a reconstruir lo que había destruido. A la mañana siguiente, me acercaría a cada uno y procuraría hacer las paces; les pediría perdón por aquel, mi primer mal humor tan voluminoso y agudo. Quizás al principio, nada sería como antes; me dirían por simple cortesía:

-Sí, sí, lo comprendemos.

Debería esperar pacientemente muchos días, hasta que la sombra de aquel momento fatal desapareciese. Lo conseguiría, que al fin confiaran de nuevo en mí. El dueño de la pensión volvería a llamarme interesante, y este pensamiento me llenó de alegría. Lorenzo y Cristina recobrarían de la misma manera su fe en mí gradualmente.

La humanidad era absurda: se hacía algo para retrocederlo después... Pero no sería fácil. Tendría que hacer grandes esfuerzos para convencerles y atraerlos de nuevo. Me pareció desolador y muy duro aquel espacio de tiempo hasta que consiguiese reconstruir en parte el edificio derrumbado tan de pronto. Ahora debería soportar durante meses las consecuencias de aquel momento en que había necesitado destruir, más aún que vivir...

## XXX La extrañeza del amor
### Margot Sant Pau

Rosendo y Margot eligieron una mesa apartada en aquel café. Ella era catalana y él madrileño, pero todavía no habían hablado de rivalidades regionales ni diferencias temperamentales. Los dos estaban meditabundos y silenciosos. Ella pensaba en

cuán difícil era amar a una persona... ¡Se necesitaban tantos trámites corporales o espirituales y años para poder hacerlo! Uno nacía y no sentía apego por nadie; sólo al cabo de mucho tiempo se familiarizaba con los lugares y seres que le rodeaban y los aceptaba del todo. Amar era eso, aceptar a pesar de los defectos, compartir las penas y alegrías con un reducido número de personas, los pocos que estaban dentro.

"Las personas de fuera lo máximo que pueden hacer es gustarme, pero por una persona que nos gusta simplemente, no sacrificaremos nada, ni lloraremos, ni nos acompañará en momentos de suma gravedad... Es un sentimiento muy leve, casi una substitución de la indiferencia, una corriente más benigna claro que la antipatía, pero de matices improductivos."

No alcanzaba a comprender cómo dos desconocidos podían encontrarse y enamorarse apasionadamente en unos días. Aquello le parecía como un milagro, una cosa extraña...

A parte del espejismo físico, si había solidez en la relación, entonces debía entrar un algo divino, casi temible de tan transcendental en la unión de dos individuos, que habían estado por completo separados hasta entonces.

También Rosendo estaba pensando en el amor en aquel momento, porque había pronunciado la palabra hacía poco, refiriéndose a unos amigos de ambos que habían tenido su fiesta de compromiso. Él opinaba de muy distinta manera; sus imágenes recorrían más el terreno práctico que el de la teoría. Él se enamoraba con gran facilidad, porque era muy variable y porque no se resignaba a perder la belleza de las cosas. El instante de silencio era propicio para recordar a las muchas jóvenes que había conocido. Ante todo tenía debilidad por los caracteres bruscos y atrevidos, llenos de inteligencia y de conceptos filosóficos. Las mujeres dulces, caseras y tímidas le irritaban, aunque sus encantos de persuasión fueran grandes. Se había enamorado de la hija de un doctor, de una periodista y de una dama exótica, ya madura que creía en la astrología y bebía en exceso. Y ahora se había enamorado de aquella muchacha un poco huraña y ausente que tenía tan cerca, en la mesa tomando un helado.

Rosendo exclamó:

-El amor es una cosa complicada, aunque tenga una apariencia ligera.

-Sí, imagino que debe serlo -murmuró ella saliendo de sus reflexiones-, y lo más difícil es que todo marche bien, que haya un sentimiento mutuo... Casi no puedo concebirlo; pienso que a veces uno debe quedarse hablando solo en una especie de triste monólogo sin que el otro responda.

-Sí, es uno de los peligros. A mí me ha ocurrido algunas veces, el amor monólogo como tú dices, y es algo desagradable. ¿A ti no te ha sucedido nada por el estilo?

-No, en cuanto a mi vida sentimental, he estado perfectamente tranquila. Mis numerosas hermanas (somos ocho) me hablan con agitación de hombres que les causan impactos grandiosos, ilusiones, celos, temores de pérdida. Me describen rostros inolvidables, y se vuelven captadoras de alguien más que vivientes ellas mismas. Pero cambian mucho de gustos, lo que prueba que nada es verdadero. Yo nunca he sentido esos agudos problemas.

-Quizás sea porque aún eres muy joven, o quizás es que tienes una naturaleza reconcentrada y cuando empieces a amar, lo harás profunda e intensamente, y para toda la vida.

-Espero que no. El amor es una cosa tan oscura y extraña, que sólo puede producirme sorpresa y confusión. Es algo tan arriesgado poner el afecto en un desconocido, depender de un ser que puede arrastrarnos a su mundo sin contemplar el nuestro...

-Tienes una mentalidad muy cerrada -dijo él, volviéndose de pronto colérico y agresivo-. ¡Tantas prevenciones contra la humanidad! ¿Temes que vengan a robarte algo? ¿Temes que vengan a engañarte? Eres egoísta, una virgen reservada y retraída, y tienes miedo a ser sensible. ¿Crees que sólo los que nos han visto de pequeños pueden inspirar nuestro afecto? ¿Por qué no darlo al recién llegado que lo pide de ti como una herencia improvisada y espontánea, que no necesita parentesco? Además está la parte física, que une a los seres en un instante, cuando los ojos se atraen y los contactos se buscan...

Margot se encogió de hombros mientras respondía:

-De momento sólo sé que amo a mi familia, y algunos de fuera sólo me gustan. Posiblemente cuando me case con alguien, no le amaré al principio; al cabo de bastante tiempo lo conseguiré, cuando ya tengamos hijos y hayamos compartido cosas y hablado de otras anteriores.

-Opinamos muy diferente, según veo. No siempre se basa el amor en la ecuación tiempo. A veces se puede compartir todo con alguien sin llegar a amar en absoluto; en cambio, se puede amar a una persona que sólo se ha visto una vez, sin haber hablado con ella, porque las palabras sobran.

Ella pareció sorprenderse y exclamó:

-¡Amar a una persona que no nos ha cuidado cuando estábamos enfermos, que no nos ha ayudado a realizar nuestros sueños, que no nos ha visto llorar o gritar en momentos difíciles!

-A veces una colectividad de costumbres no lo es todo; un ser que hace esto que dices, cuidarte, estar presente en lo físico, nos inspira sólo gran indiferencia y su imagen se nos borra a cada momento.

Hubo una pausa, tras la cual él prosiguió irritado:

-Hay algo atrasado en ti, inconmovible, una extrema inercia en tu capacidad de acercamiento a los otros.

-En fin, cada uno tiene su forma de pensar. No creo que mi "inercia" perjudique a nadie.

-Tal vez sí, al que cometa la equivocación de amarte generosa y rápidamente como el agua rápida fluyendo de un manantial.

-Si él es comprensivo, ya me entenderá e intentaremos igualar las dos

velocidades -afirmó ella riéndose.

Pero él continuaba tan serio como antes.

-Díme, ¿cuando conoces a alguien, nunca sientes nada especial?

-Me gusta más o menos, eso es todo, pero sin importarme gran cosa; son encuentros secundarios.

-¿Y no tienes a ningún amigo que te haya producido una indescriptible atracción?

-No, tal vez porque cuando los necesitaba, no solían estar presentes. Eso de la comunicación es muy problemático, aunque tú pareces ser un optimista.

-Cuando me conociste a mí, ¿qué pensaste?

-Pensé que eras interesante y que mis hermanas te habrían tomado en cuenta.

-Pero ¿no sufriste al pensar que podrías no verme más?

-Sinceramente no.

¿Qué ocurría? ¿a qué venían aquellas preguntas? Margot comenzaba a sentirse incómoda.

-No sé cómo ha venido esta conversación; estábamos hablando de nuestros amigos que se han prometido y ahora...

-Ellos sí han conseguido comunicarse -dijo él tristemente-. Enseguida, ya a primera vista estuvieron seguros de que significaba algo haber llegado a un punto muy especial, el de un contacto nuevo.

-Esperemos que sean felices.

Empezaba a hacerse tarde. Se levantaron de la mesa, se despidieron y abandonaron aquel lugar.

Mientras ella iba hacia su casa, iba pensando que todo era muy extraño. ¿Por qué pareció él como enfadado con sus respuestas, decepcionado? ¿Habría herido su vanidad? Pero lo más curioso era que por primera vez le preocupaba una opinión ajena.

Aquel sentimiento de culpabilidad continuó en ella durante las horas restantes de aquel día.

A la mañana siguiente esperaba encontrar de nuevo a Rosendo, pero no lo vio por ninguna parte y entonces su primera sensación fue la de una persona aniquilada inesperadamente. Quizás se vengaría de ella por lo que había dicho; él, el tipo romántico, abierto a los desconocidos, lleno de facilidad en sus afectos, quizás había descubierto lo inútil de proseguir aquellos encuentros con ella. Recordó la remota expresión de sus ojos cuando había exclamado:

-Se puede amar a una persona que sólo se ha visto una vez, sin haber hablado con ella, porque a veces las palabras sobran.

Era una hermosa descripción, pensó la muchacha, aunque resultase exagerada e irreal. Sería hermoso que en el amor no hubiese extrañeza, ni aquellos grados sucesivos y lentos que eran como una gigantesca barrera de prejuicios.

En fin, quizás él le ofrecería desde entonces una actitud de frialdad. Pero ella no debía prestarle la menor atención, se dijo con un agrio y forzado desinterés, sin embargo no le resultó posible realizar su propósito.

Al cabo de varios días, un sentimiento más solícito y tierno se apoderó de ella: quien sabe si estaría enfermo o si le habría pasado algo... Hubiera querido verle, acariciarle la frente y decirle:

—¿Cómo te encuentras? Tú eras un recién llegado, pero ya eres una figura permanente para mí. ¿Por qué no damos los primeros pasos e intentamos conocernos más todavía?

Aunque él nunca la había cuidado, ni la había ayudado en nada, una especie de generosidad, de intercambio afectuoso para el futuro, se inyectó en su ser. ¿Era aquel un principio de amor? Asombrada, deambulaba por las cales contradiciendo sus propias palabras y creencias de antes cuando era una virgen catalana "reservada y retraída." Ahora comprendía lo que sus hermanas le habían descrito.

Por primera vez, el amor filial y el fraterno le parecían insuficientes; necesitaba a alguien a su lado, venido de otra parte, y que sin embargo le inspirase una súbita y absoluta confianza.

Un día telefoneó a Rosendo. Éste le dijo que estaba lleno de trabajo, el clásico pretexto; por fortuna no había frialdad en su voz, sino más bien un tono incierto entre duda y esperanza.

Él, por su parte, tenía una mala época. Estaba intentando separarse de Margot y adquirir nuevas predilecciones, Margot, aquella chica desconfiada que no podía desprenderse de su familia y que seguramente (con su mentalidad calculadora de catalana emancipada) no querría poner su dinero, el de su sueldo y el de la herencia paterna, en manos extrañas, por añadidura castellanas. Él sentía una rabia infinita por los amores monólogo; psicológicamente llevaban a la decadencia; uno no debía idealizarlos y hacerse prisionero de aquellas criaturas crueles; uno debía distraerse y desentenderse. Así fue que había salido varias veces con una muchacha para consolarse. Pero ésta no tenía el atractivo de la otra. Era muy fantasiosa y poco sincera; le gustaba sobre todo mentir, aunque después ponía una cara inocente, como si no lo hubiese hecho con mala intención. A pesar de todo, debía tener algunas cualidades. Él no acertaba a explicarse por qué no la juzgaba más benévolamente.

Una tarde, durante uno de sus aburridos y solitarios paseos, Margot vio a la pareja juntos y recibió un extraño golpe... Desde hacía algún tiempo todas las parejas felices le producían nostalgia y aquella más, pues el hombre había sido su acompañante y había removido su apacible interior inquietándola. Los celos eran eso, una violenta nostalgia de estar en el lugar que ya no existía.

Era extraño eso de amar a un casi desconocido, pensaba, y de tener celos hacia una desconocida. De él sabía algunos datos: su nombre, su edad, su profesión, pero no sabia mucho de su pasado. Y él ¿qué sabía de ella? ¿Cómo explicarle todo lo que había vivido? Sin embargo, las parejas no parecían preocuparse de estos detalles, se daban la mano, se miraban... quizás era que sólo su historia del momento tenía importancia y la mención de lo anterior era una cosa insignificante. ¡Qué espíritu de adaptación tenían las parejas! Se sentaban juntos, vivían juntos y no recordaban que durante años estuvieron distantes, viviendo problemas, viajes, aprendiendo, trabajando, cada uno por su lado. El vacío de tan larga ausencia lo llenaban enseguida como si no fuese nada; recordó a la pareja de amigos que se habían prometido para casarse pronto. Quizás el amor podía resumirse como un recibimiento efusivo y cordial:

"Hacía ya tiempo que te esperaba. Has tardado en llegar, pero al fin estás aquí y eso hay que celebrarlo." Una persona a la que se espera en el fondo, nunca ha estado ausente de verdad... A Margot le pareció aquella una maravillosa conclusión y hubiera querido correr hacia Rosendo para decirle muy de prisa y con energía:

-Te esperaba, ahora lo sé, y tú a mí. En cambio, esa muchacha que te acompaña no te ha esperado nunca. Aunque estuvieseis toda la vida juntos, no hay conexiones entre vosotros.

Respiró aliviada ante su descubrimiento, pero procuró contener sus impulsos.

Cuando Rosendo y Margot se encontraron al final, el amor mutuo hizo que reinase una atmósfera de familiaridad.

Ella dijo simplemente:

-Los días han sido Largos sin ti...

Y él repitió:

-Los días han sido largos, es verdad. ¿Lo ves? Ya hemos compartido una experiencia así de pronto...

-Estaba muy sola y triste. He reflexionado sobre nuestra conversación a cerca del amor y he cambiado totalmente de opinión. Ahora sé que no es nada extraño el cariño. Amar es algo tan fácil que creo que lo haré de una manera frecuente; amaré a mis amigos, a los niños que pasan por mi lado; amaré los momentos que vivo y hasta las figuras fragmentarias que no me pertenecen. Abriré la puerta y daré mi afecto a personas y cosas que antes calificaba de indiferentes.

-Pero a mí me lo darás de una manera especial -murmuró él.

-Naturalmente. El amor es fácil. Gracias a ti, mi mentalidad ya no es cerrada y estrecha.

## XXXI   Presidente de una sociedad
### Armando Gomez

Un día un taxista me dijo con mucho convencimiento:

-España es un país de ladrones. ¡Hay tanta corrupción! Aquí todos los que tienen el poder se colocan no para trabajar honradamente, sino para robar y estafar al pueblo.

Eso de que trabajaban poco me llamó aún más la atención que el hecho de que robasen como la única actividad notable que ejercían. La pereza sin atenuantes de ministros y jefes era como un muro para mí y me crispaba los nervios. Yo era un hombre muy activo y nací con un espíritu emprendedor de dirigente; pero la verdad era que al principio no me dejaban dirigir y tenía que implorar que me prestasen su atención. Iba a visitar a muchas personas que poseían las llaves de los mandos y decisiones. Me cansé de ver su lentitud. Como siempre dejaban las cosas para mañana, se adormilaban sobre mis ansias de accionismo y me decían:

-Ya miraremos... Disculpe, tenemos mucho trabajo atrasado. Ya veremos más adelante...

Pero mis energías no sucumbieron, y debido a que era muy tenaz y siempre estaba impasible aguardando mi turno, al fin lo conseguí, fui nombrado "presidente de una sociedad".

-Tienes una bonita manera de introducirte -me dijeron algunos.-No parabas en tus pretensiones y pesquisas. Pues bien, para que veas... el mundo es democrático. Como armabas tanto revuelo y no nos dejabas en paz, te daremos el título. Pero eso sí, deberás obedecer un cierto, pequeño código de reglas...

El antiguo presidente de la sociedad a quien yo substituiría me explicó de qué se trataba:

-Verá, querido colega, aquí la norma es no cansarse mucho... Yo fui un presidente modelo, porque mi antecesor me hizo estas mismas reflexiones y las cumplí al pie de la letra. Usted debe perder ese aire de correr desaforadamente. No queda bien, se lo aseguro. Queda más digno aparecer quieto, indiferente y un poco inaccesible, hacerse esperar, ya me entiende... no dar a los problemas y preguntas soluciones demasiado rápidas. Las actitudes de pasividad no comprometen, y su gran ocupación, amigo Gómez, deberá ser estudiar con mucha calma los asuntos y expedientes, seleccionados tras una larga y filosófica espera. En todo caso, si quiere que alguien vaya de prisa deberán ser los pequeños empleados, pero no sus compañeros de usted, en el mismo rango o subjefes en la presidencia -Y concluyó pomposamente :-Espero que no intentará transformar nada ni convertirse en una peligrosa excepción.

Como ser presidente de una sociedad había sido siempre mi sueño y había luchado apasionadamente por ello, acepté las condiciones.

Desde entonces fui respetado por todos. Grandes colas de gente querían verme y yo les hubiese recibido, pero debía decirles que mi trabajo enorme no me permitía... Quizás más adelante...

En realidad, los reflejos de mi pasado mundo de acción se derrumbaban catastróficamente. No hacía más que comer bien, aceptar invitaciones y no preocuparme de nada. Me estaba volviendo un "célebre holgazán". Los subjefes de la presidencia me habían pervertido con su aire de misión que nadie realizaba.

-Los problemas son graves -decía una voz débil por todas partes.

-Sí, pero por favor, no se precipite.

Mi vieja frase activante de "Hay que hacer algo enseguida" se había desvanecido. Pero a veces me ahogaba entre mis compañeros de pasividad. ¿Es que no había otra manera de ser poderoso?

Yo no estaba del todo muerto, porque un día vi a un empleado que trabajaba muy de prisa y de pronto le envidié terriblemente. Sentí despertarse mi perdida sed de movimiento y actividad. Cogí las pobres armas del empleado, su pluma y papel. Le dije:

-Voy a ayudarle.

y ante su sorpresa, empecé a trabajar rápidamente, sintiendo el estado febril de la prisa y la responsabilidad satisfechas sin más demora.

Cada vez a partir de este momento fue haciéndose más grande mi audacia, y como desobedecí repetidamente las reglas los co-dirigentes me llamaron "revolucionario" y al final... me desposeyeron de mi cargo.

Pero no importaba. Experimenté una gran alegría al sentirme de nuevo un hombre activo, de los que quieren hacer algo... y no sólo disfrutar ventajas y robar indebidamente lo que no es suyo. La lástima es que nuestro anonimato nos lleva al vacío, nadie nos deja dirigir ni nos da nombres definitivos y contundentes como aquél que tuve una vez: presidente de una sociedad...

## XXXII Deserción
## Luz Torres

El momento estaba a punto de llegar y varias personas me esperaban en un lugar inmediato, lo sabía. Me producía un ligero malestar que esperasen algo de mí, verme aparecer joven, despejada, haciendo poéticas frases sobre: "Estoy muy contenta y agradecida por su presencia."

Es fastidioso tener que hacer lo previsible y además era algo muy grave tener que hacer siempre lo que los otros esperaban de mí. Luego, yo me volvería indigna, rastrera, contando los que estaban allí, dejándome impresionar por la visión numérica de los que podrían aplaudirme al terminar mi actuación; contaría si eran muchos o pocos y si sus manos al ser menos harían también ruido, porque yo también esperaba de ellos que aplaudiesen mis canciones y poemas. Era un acuerdo mutuo. ¿Sonarían igual 20 palmas que 80? No, sin duda no. Expresión raquítica y sin fuerza... Habría que pedir auxilio, para que viniera más gente a aplaudirme.

¡Qué manera tan poco agradable de mirarlo! pensé. Aquella era mi primera velada y debería sentirlo de otro modo, no como algo monótono que ya cansaba antes de comenzar. En verdad, yo deseaba cantar, recitar, adoraba la música y quería ser célebre. Me hubiese gustado que me dijesen:

—Tiene una bonita voz y un maravilloso estilo interpretativo, además ese aire tan espiritual, tan refinado y exquisito.

Entonces yo exclamaría:

—Gracias. Puede llamar a todo el mundo para que me escuchen... y yo cantaré en todo momento, como un pájaro obediente a las horas que ustedes me digan. Los principiantes sabemos que hemos de ser dóciles; después, ya no tendré que estar contando como ahora llena de tensión si son muchos o pocos para aplaudirme.

Iba pensando todo esto mientras me arreglaba y cambiaba mi traje. Sin duda, mi padre me había contagiado su enorme apatía cuando decía:

—Las cosas que deseas, cuando las tienes, no te producen más que un mediocre placer.

Sí, ahora que lo había conseguido, mi sueño... varias personas esperándome en un lugar inmediato, me parecía absurdo.

Sería una broma curiosa si no me presentase, pensé de repente, y ellos murmurasen al unísono con gesto de confusión y rabia mal disimulada: "no ha venido". Entonces descubrí que una vez más anhelaba desertar; ya lo había experimentado antes, en otras ocasiones, pero en menor grado. Siempre ante algo que me había costado mucho de obtener, una cosa que hubiese organizado palmo a palmo, con sumo cuidado, dedicándole mi tiempo, mis energías... y cuando sucedía, entonces me producía una convulsión extrema y un deseo de enfermizo retroceso.

Recordé aquel día cuando el hombre que yo amaba, pronunció una primera y única palabra de felicitación y aprobación hacia mí.

Casi hubiese preferido que no la dijese, que se quedase en el aire; también entonces deseé marcharme y emigrar hacia otro momento, quizás el de la indiferencia que tantas veces le había visto practicar.

Luego recordé que un día estuve rodeada por libros y más libros, una enorme cantidad en una biblioteca para mí sola, lo que siempre había soñado; podía abrirlos y leerlos intrépidamente y sin límites de ninguna clase. Pero entonces deseé irme; me aterraba la realización del privilegio tantas veces negado y necesitaba tornar a lo acostumbrado, el anonimato, la falta de éxitos y destellos luminosos.

Algo no iba bien en mi psicología, continué reflexionando. Me vino a la mente aquel muchacho que siempre hablaba de la libertad y que solía decirme:

-No te olvides de la libertad de desertar... Puedes seguir tus impulsos y huir ante algo si no te complace.

Pero mi situación era más complicada; a veces no era exactamente desagrado, sino alarma, cobardía por mi parte y una brusca intranquilidad. En el Fondo, me gustaría ir al lugar inmediato donde varias personas me esperaban. Lo había planeado todo yo misma y sería ir contra mis propias iniciativas, si ahora faltase a la cita. Pero también me ahogaría allí y no podría resistirlo, estaba segura.

Nunca había obedecido a mis deseos de desertar, porque la lógica me lo había impedido. Sin embargo ahora... Tomé mi abrigo que ya había colgado en el ropero del edificio, y en vez de coger el ascensor y dirigirme a la sala de arriba, abrí la puerta y empecé a correr por las calles rápidamente. ¡Lejos, lejos! Desertora de las prisiones que yo misma había trazado, de oportunidades, aplausos... Huir de la gran entrevista. Quizás mañana me arrepentiría, pero entonces no. Sentí una gran alegría, porque yo era incontrolable y yo misma había destruido mi obra, mi sueño, antes de que pudieran destruirlo los otros.

Seguí corriendo bastante rato, dejando a los círculos temibles. ¡No haber llegado cuando me esperaban! Informalidad y libertad de Reyes antojadizos. ¡Haber desviado el curso de un instante en que previsiblemente hubiese aparecido suplicante y nerviosa ante el público y con una voz mutilada de ardilla inaudible! Ahora debía sólo olvidar que el instante hubiese podido ser también totalmente distinto.

## XXXIII  Los insustituibles
## Fermín Aguilar

Cuando yo era un joven de 16 años muy aficionado a las encuestas y estudios, me puse a contar todos los insustituibles que conocía. Formaban un grupo curioso. Nuestro hermano podía ser el primer ejemplo; era cierto que él había hecho mucho por nosotros; era el mayor de todos y representaba al jefe de la familia. Cuando alguno de nosotros no quería contarle sus impresiones, nos miraba con aire amenazador y decía:

-Si os portáis mal, me marcharé y entonces ¿Qué haríais sin mí?

Aquella frase nos producía gran efecto y nos echábamos a temblar de miedo, porque nos lo había inyectado desde pequeños; el mundo sin él nos parecía algo vacío y oscuro. Él solía decir que se había sacrificado por nosotros; no se había casado ni tenido hijos para cuidarnos, y la gratitud se mezclaba con el miedo de quedarnos solos, de no escuchar ya más su voz estruendosa y experimentada en la mesa. En sus ojos yo creía leer aquellas palabras:

-Soy insustituible. Si alguno de vosotros desapareciese, le lloraríamos Largo tiempo, pero esto no podría compararse con el derrumbamiento general que se produciría ante mi desaparición.

Por la noche, cuando nos íbamos a dormir, yo le preguntaba a mi hermano pequeño:

-¿También tú te sientes insustituible?

-No, creo que Sería reemplazado enseguida... -decía él.

Y los dos pensábamos lo mismo; nos cogíamos las manos sintiéndonos personas borradas, que no podían ser perdurables como nuestro hermano mayor.

Pero a los 16 años yo comencé a mirarlo más objetivamente y con cierta curiosidad burlona.

Franco era otro de los insustituibles. No quería marcharse de ninguna manera hasta que se muriese de muerte natural ya viejo y decrépito en un día lejano, y no cedería el paso a ningún otro, pues estaba convencido de que sólo él sabía gobernar a los españoles, pobrecitos...

Había otros insustituibles: un vecino nuestro, bonachón y simpático que nos decía:

-Os parecéis a vuestra madre -y luego añadía: : Mi familia no puede estar sin mí; no podrían resistirlo... Soy la base espiritual y material de todo.

-Y ¿no le da un poco de miedo tanta responsabilidad? -preguntaba yo-. ¿No le asusta que lo necesiten tanto?

-¡No, por Dios! -exclamaba satisfecho-. Es motivo de contento y me produce orgullo.

También había una Joven esposa que se creía insustituible en su misión de llevar el hogar y murmuraba sonriéndose:

—Mi marido no podría vivir sin mí.

Y había aquel empleado eficiente que se mataba trabajando, pues era su única satisfacción recibir un halago de cuando en cuando y solía murmurar:

—No sé qué haría la empresa si yo no estuviese. No podrían encontrar otro igual; creo que se arruinarían de no ser por mis manos precavidas y cuidadosas.

Yo casi les creía a todos cuando lo aseguraban tan vigorosamente.

Pero a medida que pasaron los años, me di cuenta exacta de que todo puede substituirse con nuevas imágenes, y si algo muy importante se marcha, no acaba por matarnos del todo. A veces sólo crea en nosotros un muy ligero movimiento. Alguien ocupaba un lugar y ya no lo ocupa; habrá que buscar a otro.

Mis hermanos y yo nos pusimos de acuerdo para que nuestro hermano mayor se casase. Le presentamos a una mujer y él nos dejó tras muchas luchas interiores, para ir a reunirse con ella, y sin embargo, ningún desastre nos sucedió y nos quedamos tan tranquilos, o incluso más tranquilos que antes... aunque sea un poco inhumano decirlo. Soy realista.

Luego supimos que nuestro vecino bonachón había muerto y sin embargo su familia continuaba viviendo, no se suicidaron ni cayeron en el abismo de la desesperación absoluta, aunque quizás sí comprendieron la odiosa necesidad de olvidar.

También cuando el empleado eficiente se sintiera muy viejo, la empresa pondría dos empleados para hacer su trabajo y el problema quedaría resuelto. En cuanto a la joven esposa, supe que su marido buscaba otras compañías clandestinas, además de la suya tan abnegada y gentil, porque a veces la substitución llega incluso antes que la partida oficial; eso aún debía ser más doloroso.

A mí nunca me ocurriría, pues yo ya estaba en guardia, pensaba por aquellos días de mi descubrimiento y temía el afecto excesivo y la presunción que hacía a los hombres creerse únicos en su mundo, perpetuos y fundamentales.

¡Pobres insustituibles! Es un verdadero drama si no consiguen agarrarse a algo más. Y no obstante, a pesar de la tristeza y dureza de esa ley... ¡Qué alivio nos produce cuando podemos prescindir de ellos! Además, hay otras tareas muy sutiles conectadas con lo mismo. También psicológicamente substituimos partes de nuestro yo; substituimos al yo cuando sabemos que ha de cambiar para sobrevivir, y en sus últimas horas le hacemos contemporizar, sonriendo, con el nuevo jefe que viene a reemplazarlo.

## XXXIV  Madre e hija
### Veronica y Sandra Olmos

Mi hija Sandra llegó a ser lo más importante para mí; mi marido me parecía como un extraño a veces y mis dos hijos varones tampoco me resultaban familiares, con su carácter agitado y tempestuoso. Mi hija en cambio, se parecía a mí. Tuvo una niñez dulce y obediente, y una juventud tranquila y uniforme, sin altibajos graves, aunque no exenta de luchas e inteligencia. Ella era mucho más inteligente que yo lo fui nunca, por eso ella reflexionaba y analizaba más; llegó a inculcarme algunas ideas y a contagiarme la costumbre de pensar.

Siempre recordaré que fue aquella mi época más feliz, cuando Sandra ya había crecido y se hizo permisible e inagotable el diálogo entre nosotras. Hasta entonces había yo vagado entre seres con los que no conseguía compenetrarme, y ahora había encontrado el ser cercano, que llegó a ser la fuente de mis satisfacciones y tragedias. Cuando Sandrina fracasaba en algo, yo sufría más que ella incluso; se apoderaba de mí el drama de aquellas facciones tristes, el ser acariciado tantas veces, inconcretamente hecha aire para mis pulmones, y la fuerza movilizadora de todos mis actos y mis horas... Cuando ella tenía algún éxito, yo lo celebraba con verdadero entusiasmo y no es posible describir mis estados de júbilo. Cuando obtuvo títulos o premios, el pequeño, el mediano, el superlativo, todos se me quedaron grabados en la mente, sus diplomas, becas, elogios sobre ella y sus logros en algún discurso de alguien que ensalzaba sus cualidades, sus avances en el deporte, en la música... cuando pudo emplearse en un sitio a su gusto, y cuando varios ojos humanos estuvieron fijos en su belleza...

Me asombraba de estar tan desconectada del triunfo o el fracaso en lo referente a mí misma, ya que sólo por medio de otros podía sentirlos.

Siempre íbamos juntas las dos a todas partes y yo procuraba arreglarme mucho para ir a su lado, para que mi mediana edad no estropease la armonía de la pareja que formábamos. Esas personas que odian a las madres, no sé por qué motivo, y esas personas cargadas de resentimientos contra las muchachas jóvenes, tampoco sé por qué motivo, debían mirarnos como un inconsistente intento de unión un poco aburrido y que no podía durar, pero esto sí, duró bastantes años.

MI hija y yo hablábamos en algunas tardes melancólicas que se hacían más largas de lo normal. A veces ella tenía depresiones y yo no sabía qué decirle, aunque comprendía hasta el más recóndito punto de su malestar.

-No sé lo que me pasa -decía-. No consigo comunicarme con los individuos y menos aún con los grupos. La mayoría de las chicas me parecen insulsas y los seres que me interesan, se escapan de mí. Sé que tú me quieres mucho, pero también necesito el afecto de los extraños. Quizás es una estúpida, excesiva necesidad de afecto; muchos son fuertes, independientes y no se preocupan de si los quieren o no; a mí en cambio, me gustaría tener amigos que vinieran a visitarnos, y nos reuniéramos tú, ellos y yo; quisiera inspirar simpatías sinceras, en vez de hostilidad. A menudo estoy entre las personas y no las entiendo, me entran ganas de marcharme lo antes posible de sus reuniones. Soy como una inadaptada. Me gustaría tener amigas, pero sobre todo lo que más pena me da es mi relación con los hombres, el no poder conocer el amor. Nadie se acerca a mí y sólo me miran de lejos, ni los compañeros de trabajo, ni de cursos. Curiosamente, cuando era niña tenía más contactos sociales que ahora.

Entonces yo murmuraba intranquila y pesarosa:

-¡Quizás soy yo la culpable! El estar siempre conmigo no te deja prosperar en tus relaciones con los otros, no te deja ir hacia los demás y los jóvenes se sienten coartados por mi presencia, por eso no se aproximan.

-No. También me pasa cuando estoy sola y tú no estás conmigo. Es mi carácter; hay algo que no funciona en él y disipa toda posible atracción.

-Pero ¡si tienes un caracter maravilloso! Eres una criatura admirable en todos los conceptos. ¿Qué más pueden pedir de ti? Cuando yo era joven, mis contactos tampoco fueron satisfactorios. Es muy difícil congeniar con alguien.

-Nosotras dos, sí podemos hacerlo...

Y entonces salíamos animadamente; nos íbamos a tomar algo para celebrarlo, al cine o al teatro y acabábamos matando las penas que nos quedaban con una conversación detallada de los sucesos interiores de cada una. Nuestra comunicación era perfecta.

Yo nunca había creído en los cambios repentinos que me parecían cosas de novela, y sin embargo, existían... y sobre todo los negativos. Pude notarlo en aquel día de lluvia, cuando todo se hizo diferente de pronto.

Mi hija había conocido a un hombre del que me habló brevemente. Había estado algún tiempo observándolo con gran interés y procurando atraer su atención. Se habían encontrado cuatro veces sin mí en un café, pero Sandra siempre volvía con aire decepcionado y apático. Aquel día dijo:

-Él es como todo el mundo... Ahora me doy cuenta.

Y después ya no volvió a hablar de él, como si no existiese, pero algo había cambiado entre las dos desde que aquel hombre desapareció y le quitó toda esperanza de hacerse entender y querer por el mundo. Yo tampoco debí reaccionar como ella lo necesitaba probablemente en aquel minuto, en que había pronunciado aquella frase, pues me miró dolorosamente como dudando por primera vez de que yo la entendiese.

-¿Dónde estás? No me escuchas, lo sé -parecía inquirir y afirmar.

Me miró como preguntándose si me iba o me quedaba... y debió resolver que me iba, porque me incluyó también en el universo de los secos y áridos que no la comprendían. De golpe, me encontré al lado de aquel hombre, excluidos los dos por aquella ley extraña de la decepción suprema que rebotaba en todas direcciones abarcándolo todo indiscriminadamente. Desde entonces, ella se encerró en sí misma, salimos menos juntas, terminamos hablando menos y nuestras ideas sobre las cosas, al no ser expresadas, comenzaron a diferir de un modo alarmante. No habíamos tenido ninguna discusión, mi hija no me echaba nada en cara, pero era evidente que no me perdonaba el haberla puesto en la existencia, una existencia que no le gustaba en absoluto.

A menudo me consolaba pensando que siempre me pertenecerían aquellas alegrías anteriores, claro está. Y además, había ya conocido los cambios repentinos, que podían ser terribles o también luminosos. Quizás algún día, de pronto, ella sabría que yo estaba cerca y que sólo me había alejado unos pasos para no tropezar las dos. Quizás alguien le haría descubrir que no todos éramos "todo el mundo"... Yo me pasaba los meses deseando que apareciera esa persona, probablemente una figura masculina, un contacto muy valioso y especial que haría que ella se abriese y ya no sintiese amargura en el corazón. El ser una mujer satisfecha la convertiría en una niña radiante, como lo había sido antes. Y entonces yo aparecería también, claramente, como antes, volvería a mi sublime misión de entender todo lo que ella decía. Sandra volvería a admitirme, a tenerme confianza! Yo al menos vivía esperando esto.... que viniese una nueva fase de alegría para las dos, de ternura filial y la realización de todos sus proyectos más queridos.

## XXXV  Los desarmados
### Felipe Granja

Existe una gran cantidad de gente sin armas para luchar contra algo. Algunos adoptan una especie de postura defensiva y se repliegan hacia los rincones que creen más seguros, porque los otros, los que tienen armas, los amenazan; y la mayoría de los desarmados, al final acaban por cumplir las órdenes recibidas con un gesto de permanente insatisfacción.

Es como una especie de movimiento bélico, en el que intervienen las potencialidades y las faltas de recursos. Toda y cada una de las potencias puede tomar la forma de espada, explosivo, afilado puñal. Quienes luchan contra estos elementos en inferioridad de condiciones, casi siempre pierden.

En verdad, los desarmados no tenemos características especiales, no pertenecemos a una determinada edad, jóvenes, viejos, niños de cara preocupada como pensando: "¿A qué recurriré ahora?" La característica del grupo es que estamos dominados por alguien y a veces ni nosotros mismos lo sabemos, hasta que un día, de pronto o tras etapas de deducción sucesiva, nos damos cuenta.

Mi nueva hada bienhechora era un hombre de unos 40 años, de ojos en apariencia ingenuos y atontados, y hablaba con lentitud; pero luego comprobé que era sólo un disimulo, ya que no tenía nada de infantil.

-Aunque sólo sea por consideración a tu padre, me propongo ayudarte. -dijo.

-¡Ayudarme! -me sentí ávido de mostrarle mi contento -. Se lo agradecería infinitamente. Ayudarme, ¿Cómo?

-Verás, es que no sé si de verdad sería beneficioso el hacerlo; para ti mismo quizás no representase ningún favor. A veces es bueno sudar y curtirse en la vida.

-Creo que ya estoy lo bastante curtido, Sr. Esteban -afirmé al instante.

-Si es así, deberías hacer un pequeño sacrificio y dejar alguno de tus sueños absurdos, como por ejemplo este de querer ser... ¿Qué es lo que querías ser?

-Abogado.

-Sí, me dan una alergia extraña los abogados y no creo que sirvas.

-Pero a mí me gusta.

-Gustar no significa servir. Hay que formar nuevas ideas. Y también deberías abandonar esa Idea de casarte tan joven, tan de prisa con aquella muchacha rubia que me presentaste el otro día. No sé por qué motivo me da una alergia particular y me hace presagiar un futuro muy poco seguro para ti.

Allí estaba el hombre, mirándome con su gesto de inocencia, de hacerse el desentendido mientras hablaba, y allí estaban sus armas: los apoyos, las ventajas y posibilidades que podría ofrecerme, si yo lograba parecerle simpático, cambiar mis moldes de conducta y en fin no producirle inexplicables alergias con mis inclinaciones.

De pronto me sentí apresado no sólo por los caprichos de un individuo, sino por todo un círculo de cosas y de vivencias posteriores, ya que al llegar a casa mi padre diría anhelante:

-¿Qué ha resultado de tu entrevista? Le has dicho que sí a todo ¿verdad? Es la única amistad importante y positiva que tenemos... Goza de muy buenos contactos con el régimen y está incluso emparentado de lejos con Carrero Blanco.

-Sí. Huele a militar, aunque no lleva armas exteriormente.

Y después mi novia me preguntaría:

-¡Has conseguido conquistarle, para que nos dé su apoyo?

¡Siempre la caza despiadada por el apoyo, el mecenazgo, la protección, buscándolos en todas direcciones, soñándolos casi día tras día! Hay que tener enchufes, padrinos, como se les denomina más delicadamente; hay que establecerse a toda costa, gustar a los grandes, vender el trasto viejo que es el alma a precio de chatarra a un diablo displicente que es un general o un ladrón, o como quieran que los llamemos.

Una sensación de frío invadió mi cuerpo. Hubiese querido protestar y lanzarme al ataque, pero mis únicas armas eran una Serie de palabras sin eficacia, cuyo sonido sólo hubiese durado segundos y hubiese destruido las eternidades de ayuda prometida. Entonces quise defenderme y colocarme en los rincones más seguros, donde al menos tardarían un poco en alcanzarme.

Intentando reprimir toda insolencia, murmuré débilmente:

-Ella es una muchacha de gran inteligencia y no hay ningún mal en casarse jóvenes.

-¿Inteligente, dices? No, será mejor que esperéis algunos años... -los ojos le brillaron con una picardía benevolente. -Ya sabes que no deseo interferirme en los asuntos de nadie, pero tú querías saber lo que opinaba.

Me importaba muy poco su opinión, pensé; era el resultado de su punto de vista lo grave, las consecuencias, los nubarrones derivados de las opiniones con fuerza, con peso, que no se hundían como las mías tan frágiles.

Don Esteban prosiguió:

-Yo de ti, no me casaría y seguiría en todo mis indicaciones amistosas. Lo cierto es que no quiero coaccionarte.

Pero yo adiviné un mundo de coacción en el silencio que vino después; seguramente yo acabaría por ceder ante el silencio del gran hombre provisto de opiniones transcendentales para mí.

Aquel tipo hizo cambiar mi vida, y desde aquel día comprendí que yo era un desarmado. Mi imagen de la felicidad llegó a ser poder coger esas armas que veía en otras manos; tomar esas armas inesperadamente de las manos ajenas de mi protector, cuando las necesitase... Sí, agarraría una pistola si no quedaba otra alternativa. Quizás algún día incluso llegaría a tirar una bomba contra alguien muy cruel que se había merecido una muerte violenta.

## XXXVI Idealismo
## Estrella Minobis

Él encendió un cigarrillo y yo le contemplé con una impresión indescriptible de proximidad y atracción. ¡Había soñado tantas veces el reencuentro, bajo miles de formas, variaciones y átomos de la entrevista!

-Se me hacía insoportable tu ausencia -musité-. Estaba llena de nostalgia y melancolía. Me sentía como un ser inexpresivo que sólo podía verte mentalmente, sin embargo el mundo mental es importante, y la lejanía no era un obstáculo. Tú significabas la poesía tan valiosa.

-¿No habré perdido mi humanidad al haberme convertido en poesía? —dijo sonriendo.

-No. Me consolaba diciéndole a mi hermana que te había conocido; te definía como a un ser excepcional, inteligente, de ideas nuevas y grandes que hicieron cambiar mi carácter y mis gustos.

-Sin embargo, no has cambiado -afirmó él brevemente-. Antes de marcharme, te lo dije: "Me voy por gestiones prácticas y volveré al cabo de cuatro meses. No me idealices demasiado entre tanto." Pero en ese tiempo ya has transformado toda mi imagen.

¿Qué sucedía? Estaba serio y como enfadado de pronto. Él prosiguió:

-Te diré con toda sinceridad que no siempre uso mi inteligencia para medios y fines nobles; soy brusco, más que suave, y en cuanto a mis ideas, que crees nuevas, muchos las han tenido antes que yo. De lo único de lo que estoy contento es de mi físico. Dime, ¿no recordabas mis atractivos físicos? Es lo más real y visible; pero no, eso no correspondía a las sublimes alturas en que te encontrabas.

Me sonrojé, llena de confusión y dije:

-Sólo sé que estoy alegre de tenerte aquí.

-Yo también lo estoy. Ya sabes, a mí en la alegría me da por hablar claro -explicó nervioso-. Es un poco peligroso esperar tanto de alguien, ¿lo comprendes? y yo siempre temo decepcionarte. Temo que un día se derrumbará tu mundo de idealismo y verás las cosas como son; o quizás lo deseo... Entonces olvidarás a los ausentes y descubrirás los defectos de los que están a tu lado. Lo bueno y lo malo estarán por vía natural sin ese empeño de crear visiones distintas, demasiado elevadas.

-¿Es que te consideras un criminal, Claudio? -pregunté risueña.

-Un criminal no, no es eso mujer.

-Dejémoslo... ¿Por qué no intentamos recordar algo muy especial, el día en que nos conocimos, por ejemplo?

-Fue en un sótano destartalado y sucio donde yo tenía algunos chismes viejos que vender, entre ellos mi bicicleta que anuncié y que viniste a comprarme. Los dos estábamos muy aburridos por aquella época. Sí, ya sé que debería contarlo de otra manera.

-Pero fue algo maravilloso y el lugar no podía menos de serlo. Me gustó la expresión de los que estaban allí, tal vez porque te rodeaban a ti en aquel momento.

-Díme, ¿es más complicado idealizar lugares o personas?

-Pues no sé... Y ahora cuéntame, ¿qué hiciste este jueves pasado por la tarde, el día de mi santo? Durante las jornadas de tu ausencia siempre me he estado preguntando: ¿Qué hará ahora?

-Construir un paraíso para ti. ¿Te gusta la frase?

-Mucho.

El mundo era maravilloso, pensé, y mi familia lo era, y la madre de Claudio, que me conmovía por su gesto enigmático de misterio.

Claudio prosiquió:

-Aunque sólo sea un paraiso artificial, como el de las cualidades que atribuyes a todos.

Me miró extrañamente, creo que con cierta compasión, y entonces sentí una súbita amargura. Mi poesía se rompía en pedazos.... Era mejor cuando él estaba lejos. ¿Por qué había vuelto? Era un hombre vacío, pensé. Todos eran seres vacíos, crudos y detestables.

Ninguna causa valía la pena de defenderse...

Pero cuando su mirada de compasión se esfumó, la poesía volvió a mí, a engañarme o quizás a salvarme una vez más.

"No, él no me ha llamado pobre ser iluso. Debí imaginarlo. Él también adora su infancia y su juventud. Me hubiera gustado conocerle cuando tenía once años y jugar con él."

¡Al fin se terminó el largo período de la ausencia!

## XXXVII   El triunfo de los inferiores
### Inés Ronda

Mi madre política siempre me dejaba aquella impresión de fracaso, como si yo fuese un ser inferior, y sin embargo, sabía que era ella la inferior a mí; estaba segura de esto. Era una mujer ordinaria, sin estudios y sometida a bajas pasiones como aquella rabia evidente por los advenedizos de su familia. Afortunadamente eran una familia numerosa y yo podía confundirme entre ellos; no tenía que verlos muy a menudo, pero cuando nos encontrábamos, las observaciones y opiniones de ella siempre prevalecían sobre las mías y yo por respeto debía callarme, sintiéndome aniquilada ya por el resto de varios días. Se podía decir que me anulaba completamente. Aquello me parecía como un triunfo de lo inferior. Pero no era el único, y automáticamente comparaba las sensaciones análogas de aquel mismo sentimiento que casi había llegado a obsesionarme. Quizás el mundo entero no era más que el triunfo de los inferiores. No sabía exactamente quiénes eran los superiores ni podía indicar que yo lo fuese, pero sí conocía y detectaba por todas partes a los inferiores, que lo eran muy clara y extremadamente, definidos por sus deficiencias y necedades alarmantes, pero que a pesar de ello, triunfaban, hablaban más que los otros y eran escuchados por todos los jaleadores de su victoria.... Yo no podía concebirlo y me indignaba; así la falta de calidad en nuestro mundo iba haciéndose cada vez más terrible.

Aquella noche me quedé mirando a mi esposo, preguntándome si era superior o inferior a mí. Quizás eramos iguales, porque había un perfecto equilibrio entre los dos. Pero su madre pertenecía a una escala distinta, la de los triunfadores, los que siempre tenían la razón y sin embargo, no eran nada, chillaban sin pensar mucho, eran como masas de setas sin personalidad y sólo aportaban obras y pensamientos mediocres.

-¿Qué te pasa, Inés? Pareces preocupada -exclamó mi marido.

-Estaba reflexionando. Me maravilla observar que las personas que menos valen producen tanto ruido en la sociedad, ocupan cargos importantes, son admiradas, queridas o temidas y se las obedece. ¿Te has fijado en este repetido fenómeno? Y los temas superficiales ganan terreno contra los que podrían llevar a una verdadera comprensión, el mal gusto, poca sensibilidad y poco tacto, la adoración casi histérica por fanfarronear, por acumular objetos materiales como juegos de café y vajillas lujosas para los domingos... ningún apego a las artes; se escriben sólo textos triviales sin profundidad, que ya han pasado por la censura y han perdido todo significado. No es que vaya contra las mayorías y el pueblo, que puede ser más superior incluso que los señores de alta posición social. Pero el nivel cultural en España actualmente es muy bajo: fútbol, toros, los vecinos, lo que dice el sacerdote, discursos poco brillantes de los ministros que no han tenido ni el más mínimo adiestramiento en retórica e idiomas. Cuando pienso que la república hizo tanto para sacar al país del analfabetismo, y ahora...

-Sí. En una sociedad inferior los inferiores son los que tienen menos problemas y los que triunfan -dijo Mateo -. Pero el concepto de superior o inferior es muy vago. Sólo las personas con entendimiento notan las diferencias entre sí. Son como estancias contiguas, sin separación y se confunden. Superior es el que tiene más conexiones, posibilidades de mando y recursos materiales. Puede ser sin embargo también inferior. El que ha leído y pensado mucho puede ser superior, pero no siempre lo es. Aunque generalmente el justiciero con ideales nobles es superior al frívolo charlatán, displicente, sobornable y perezoso, por lo menos yo le prefiero.

Mateo hablaba en términos abstractos y no pensaba tanto como yo en el contraste de las épocas. ¿Había más inferiores en el poder ahora? Esta habría sido mi pregunta. Pero en parte quizás era verdad que siempre habían tenido lugar procesos parecidos. Me pregunté si las personas como mi suegra y otros tantos que había visto, habrían sido excluidas en tiempos pasados. Seguramente ellos también habrían seguido reclamando la atención de todos, ocupando su sitio muy dignamente y esclavizando a los demás. Eran los aristócratas perpetuos de lo deficiente y chabacano que estaban arriba, sólo porque habían nacido con aquel espíritu de recibir adulaciones y los otros no tenían voluntad, ni valor suficiente para contradecirles. ¿Por qué los mediocres se hacían tan importantes? ¿Por qué tenía que ser siempre así en nuestra historia?

Me recliné hacia la mesa, sin saber del todo qué es lo que había dicho Mateo y murmuré soñadoramente:

-Creo que una vez conocí a una persona de verdad superior; no siempre se tiene esa suerte, aunque tratemos a muchos seres a diario. Era un artista y tenía algo especial, pero estaba amargado porque no conseguía muchos éxitos. Es incomprensible cómo no le dieron la oportunidad de seguir adelante, mientras otros la tienen. Yo no estaba enamorada de él, y sin embargo, cada vez que le veía, me decía: "Es alguien... aunque esté frustrado y sin medios." Él era superior a nosotros dos, estoy segura de ello. Nosotros somos como un punto medio y vagamos sin ritmo por las dos estancias contiguas. Podemos tambalear entre lo sucio y lo bello, por eso aún no hemos triunfado ni fracasado del todo.

Estaba pesimista y volví a pensar que quizás siempre el mundo fue y seguiría siendo aquella escena tan típica, el triunfo de los inferiores. Pero Mateo exclamó entonces:

-Piensa también en los superiores que han triunfado. La historia está llena de ellos; los miramos y nos deslumbran los ojos... y comprendemos que lo grande no se agota, aunque alguno de los grandes por el esfuerzo de subir, se pierde, como tu amigo el artista.

-Quizás algún día se oiga hablar de él -dije con esperanza, y sonreí alegremente meditando que quizás un día los inferiores se doblegarían ante los superiores y mi marido y yo nos quedaríamos en el centro observando las enormes diferencias entre ambos.

## XXXVIII  Amistades infieles
## Olga Escovar

Apoyé mi frente entre las manos e intenté pensar con lógica: mis amigos no estaban... Me pregunté si habrían estado alguna vez y si en el futuro volverían a estar, bajo la apariencia de otros seres.

Los extraños con su matiz de interesados momentáneos en mi vida, los amigos, me dijeron adiós y ahora me sentía vacía de ellos. ¿Qué hacer?

No me sentía con ánimos para ir en busca de nuevas amistades; había llegado a ese punto en que ya debía buscar de nuevo porque las anteriores se habían retirado, y a veces se esfumaban todos de golpe, como obedeciendo una orden masiva, aunque fuese pura casualidad. Una desaparición atrae a los otros desaparecidos; aunque no se conocen, se unen y pierden su calidad de hechos aislados.

Mi deseo de sociabilizarme otra vez, de inspirar afectos y pequeñas confianzas, era grande, pero mi cansancio ante la inconsistencia e infidelidad de todo, todavía más. Me parecía inútil intentar reconciliarme con las anteriores amistades y también era inútil saludar a las nuevas con un fingido entusiasmo y adoración.

Algunos se habían ido de una forma poco pacífica, tras una discusión que no pudimos evitar; otros, tras un período de actitudes incomprensibles, de frío alejamiento; y otros, los más agradables, simplemente interrumpieron lo comenzado, se marcharon con una sonrisa diciendo: "Hasta pronto." Quizás sí, entonces habían creído que iban a volver pronto...

¿Por qué no dejaba yo en nadie una impresión duradera? Recordé varios años atrás a aquella muchacha tan amable que me acompañó por las calles desiertas en una noche de crisis:

-No sé organizar las cosas y tengo muchos complejos -le dije.

-Pero no debes permitir que lo vean los demás. Vamos, continuemos andando...

Después, vino aquella muchacha llena de energías que bailaba y cantaba por cualquier motivo y me invitaba con una cierta insensibilidad a secundarla.

Ya más recientemente apareció aquel señor de espíritu jovial que me dijo:

-Si no tienes racismo de edad, me gustaría ser tu amigo. Cuéntame cosas sobre ti.

Recordé en fin, a aquella chica extranjera que me prometió:

-Te escribiré enseguida que llegue a mi país. No te olvidaré, descuida...

-Y sin embargo, no escribió, tal vez por pereza, o tal vez porque hay algo en mí que no acaba de gustar.-

Una tarde un joven me llevó en su coche y le encontré muy amistoso. Entre las palabras que dijo me quedaron éstas grabadas:

-Hay que vivir de prisa, hacerse amigos y dejarlos de prisa, antes de que nos cansen.

Quizás esa fuese la clave de todo: el frágil encanto de la novedad que se desvanecía, el miedo a crearse obligaciones. Era triste. Siempre había soñado que mis amigos de antes, los más recientes y los del futuro, si es que volvía a tener algunos, se reuniesen todos... poder continuar mis contactos y sentir que me rodeaban muchos apoyos seguros... que no fuese necesario abandonar la estancia unos para entrar los otros, aquella cruel sucesión de reemplazamientos mutuos, de rastros dispersos en distintas direcciones. Todos huían y no podía hacer que permaneciesen.

Naturalmente, había también una excepción: Yo tenía una amiga que siempre había estado... la recordé de pronto, años atrás y ahora con su trato inconmovible. Era muy constante; me telefoneaba una vez al mes; me felicitaba en los días señalados. Me apreciaba de verdad y hasta el final de mi vida tendría sus noticias... Pero nuestra amistad era como un mundo estrecho y monótono. No nos hacíamos confidencias, hablábamos de cosas muy generales y nuestros escasos encuentros no eran espontáneos, sino que obedecían a una especie de etiqueta cortés.

Me agarraría a aquel ser inalterable, pensé. Me levanté y fui a telefonearla, al menos hacer algo...

Delfina me recibió al cabo de dos días. Debería producirme alivio, al final estar con un amigo fiel, debería decirle:

-Te necesitaba ¿sabes? Tú eres la única que no se aparta de mi lado. Búscame personas como tú, o ¿a caso ya no hay más en el mundo? Creo que nunca me casaré, Delfina; si ya me es tan imposible retener simplemente amigos... ¡Estoy tan sola!

Pero no le podía decir todo esto a Delfina. Sus frases no dejaban traslucir nada y explicaban sólo acontecimientos mecánicamente: Sus hijos habían roto un jarrón; mi vestido era muy original, etc. De pronto, la encontré poco interesante y muy apagada, Ya lo había sentido otras veces; nunca podría vibrar de perplejidad ni de pasión ante sus recibimientos amables. Cuando saldría a la calle, me preguntaría por qué absurdo pasatiempo de la convivencia social habíamos estado las dos unas horas, sin dejar ninguna influencia en mi espíritu, como si no hubiesen existido.

Recordé entonces el brillo deslumbrante de los que se fueron... opiniones, cambios de humor, rapidez, intensidad. Yo era un carácter difícil: quería que las cosas fuesen intensas y sin embargo pretendía que estuvieran fijas y que durasen.

Le agradecí a Delfina su manera regular de seguirme durante años. "Viva a los amigos fieles y a los infieles." Brindaría por cada uno de ellos, reflexioné con una repentina conformación hacia todo lo que quisieran darme en mis caminos insaciados, llenos de sed, y mendigando siempre amistad...

## XXXIX   El placer de ser imitado
**Mario Sepúlveda**

Lo experimenté por primera vez cuando tenía ocho años. Ya es sabido que todos los niños quieren parecerse a otro niño en algún momento. Son influenciables; todo les atrae y quisieran poseerlo. Por eso aquel compañero de colegio hubiera querido copiarme por todos los medios. Lo noté en el brillo de sus ojos que me miraban con una ambiciosa profundidad y avidez, y después preguntó a su padre si podría vestirse como yo y si podría leer aquel libro grande que yo había leído. Al final, al ver que no podría conseguirlo, se echó a llorar.

En aquel caso, él no había querido imitar mi esencia, mis gestos, mi voz, ni mis cualidades personales; sólo había sentido como una envidia por cosas externas que llamaron su atención, pero aquél había sido el primer paso.

Desde entonces, procuré ser una persona exótica, a mi manera, un dirigente un modelo... con el que los demás se identificaban plenamente y querían seguir; procuré agrandar las consecuencias de aquel primer contacto remoto. Además, me gustaban instintivamente las cosas originales. Más que crear un nuevo sistema, todo consistía en no seguir a nadie, imitar a los otros lo menos posible. Pero muchos se fijaron en mí como si de verdad hubiese creado algo... No creé ningún baile nuevo, ni ninguna religión nueva. Eso sí, fundé una asociación de esperantistas cuando ya tenía 19 años y muchos vinieron también a imitar mi ejemplo y a estudiar conmigo aquella lengua internacional del futuro.

Los jóvenes no se avergonzaban de imitar, eran masas muy influenciables, y si no tenían un padre autoritario y Todopoderoso que se lo impidiese, cogían los trajes o libros de otros y en vez deatormentarse por su falta de personalidad, se reían por cada uno de sus avances en copiar. Yo también sentía un curioso placer, porque en el fondo, dependía de la imitación.

Era mi pasaporte social para hacerme camaradas en todas partes. Creo que si me hubiesen dejado solo sin hacerme caso, yo habría seguido al primer individuo y habría intentado "tomar su aire" para que me confundieran con algún hermano suyo. Tal vez es porque soy más original por vanidad que por vocación. Algunas veces, me preocupo pensando en esas cosas, pero lo más importante es que no han sucedido. La manada continuaba siguiéndome a mí por motivos poco claros; los compañeros copiaban mis exámenes, aunque estuviesen equivocados, imitaban mi manera de hablar, de moverme, mis frases predilectas y costumbres.

¡El placer de ser imitado! Es magnífico inspirar la inmediata reflexión de querer asimilar y adquirir lo mismo: "Esto está bien. ¿De dónde lo habrá sacado? Yo también lo haré igual."

Claro es que no he recorrido mucho mundo, pero he conocido ya a varias clases de imitadores, al joven estudiante que imita de un modo científico y pulcro, y al trabajador, sin muchas luces que imita sin analizar, como una rutina más. Todos quieren saber jugar al ajedrez como yo, peinarse y tatuarse como yo, hacer la misma dieta que yo, practicar sauna y natación como yo. Si pudieran, también cogerían mi nombre y apellidos.

Yo, francamente, me he acostumbrado a ser el distinto, el modelo, el jefe de un barrio, parroquia o tertulia de un bar y ya no podría imitar a nadie. De los del gobierno no hay ninguno que me inspire el deseo de imitarle. Más bien huyo de todos adormilado y apesadumbrado cuando los oigo o miro por la tele, o la tinta de los periódicos y libros ensalzando el Movimiento Nacional se mezcla con mi sudor procedente de tanta debilidad, cansancio y desagrado reprimidos. Tampoco encuentro modelos históricos a quienes quisiera imitar, con la excepción quizás de los grandes ídolos de nuestra época: Juán XXIII y John Kennedy.

Una vez leí "William Wilson", una historia de Edgar Allan Poe, y recuerdo que me impresionó. Yo nunca tuve a un camarada en la escuela, mi doble sobrenatural, que se me apareciese a través de los años imitándome siempre y a quien llegaría con el tiempo a matar, apuñalar exasperadamente. No, mi caso no era tan peligroso. Mis imitadores fueron seres de paso, sin compromisos profundos, un alivio para mi alma, un juego contra la monotonía. Después, las personalidades se definían, ellos dejaban los rasgos adquiridos, prestados transitoriamente, y yo también me desligaba de ellos, nos separábamos, y mi ser me pertenecía sólo a mí con entera libertad...

## XL  Los grandes invisibles
### Guillermo Contreras

¿Quiénes son? Tal vez los que no aparecen en los libros de historia ni literatura, como yo por ejemplo, un hombre invisible a la humanidad anterior y posterior a mí. Claro es que algunos contemporáneos me veían. Yo era un ser de carne y hueso, con un cuerpo que medía tantos decímetros. Me confeccionaban trajes y me servían la comida y yo también ocupaba mi cargo, realizaba un trabajo. Pero creo que cada vez mis contemporáneos me veían menos, por la costumbre de tratarme, y sólo los tipos universales merecen la mirada universal de todos.

Después existen otros grandes invisibles, los célebremente etéreos como son el ángel bondadoso y el diablo, o los espíritus burlones, a los que era tan aficionado Noel Coward. De ellos sí se han escrito muchos libros; ellos urden maquinaciones y nos rodean, pero es bien cierto que nunca les vemos...

La muchacha y yo hablábamos animadamente unos minutos y creo que entonces ella me veía. Pero pronto me negó toda su atención y yo volví a mi vieja calidad de desapercibido.

No es que ella me gustase. Sin embargo, me entró cierta rabia y hubiese querido asombrarla. Luego mi madre y ella dejaron oír sus voces chillonas, hasta que yo les ofrecí mi indiferencia. Tampoco yo las veía...

La muchacha se fue a la habitación que mi madre le había destinado. Una vez allí empezó a desvestirse y por un descuido se dejó la puerta entreabierta. Era algo chocante. Con sólo esforzarme un poco, hubiera podido observarla en tan crítico momento. Pero el espíritu del decoro me dijo gravemente:

-¿Qué haces aquí? Debes retirarte y cuando salga, ya vestida, mirarla con absoluto respeto.

Sin embargo, el diablo de la tentación era muy fuerte.

-¡Ah ya, vosotros sois invisibles como yo! -exclamé.

-Sí, pero nosotros somos grandes invisibles y tú eres un pequeño invisible. No compares, por favor.

-Y sin embargo, intervenís en vulgaridades como esta, gastáis vuestras fuerzas y palabras en esto... ¿Por qué no me dejáis en paz?

-No es nada trivial, sino que tiene gran importancia el que mires a esa chica o no, pequeño invisible.

-Dejad de llamarme así. ¡Estoy harto de mi situación!

-Podrías liberarte de ella, si fueras un héroe de la virtud.

-O un héroe de la picardía -concluyó el segundo de los dos.

Entonces me sentí como transportado y sugestionado por las palabras del diablo que decía tentadoramente:

-Imagínate que esta mujer es una reina de la antigüedad griega u egipcia. Yo me aparezco en sueños al historiador que ha de escribir su biografía y le cuento lo que va a ocurrir entre vosotros: un hombre vé desnudarse a la reina, inmovilizado por tanta belleza es incapaz de moverse ni para respirar. El novelista (mejor aún que un historiador, porque tienen más sentido del humor) hablaría sobre ti y sobre el privilegio que conoció tu existencia, el haber visto el cuerpo desnudo de la reina.

El ángel del decoro dijo desazonadamente:

-Pero entonces quedarías como un ser débil e inmoral. ¿Quieres figurar entre los grandes caballeros defensores de las damas, por el contrario? Aléjate de la reina y yo contaré tu hazaña por el mundo entero.

Me sentí abrumado al pensar que mentían y me lamenté:

-Ella no es una reina, sino una muchacha insignificante. Mi buena o mala acción pasará inadvertida como todo.

Y en aquel momento la muchacha misma me despertó. En realidad, no se había movido del comedor, y yo me había dormido al ver que nadie me prestaba atención. ¡Pobre, pequeño invisible! ¿Sería yo el único? ¿O es que los demás no se daban cuenta de cuán poco vistos realmente eran a través de su vida?

Sin embargo, me alegré entonces de que mi dolor y mi derrota también tuvieran el poder de esfumarse ante miles de seres. Cuando fuera a divertirme o a sacrificarme por algo los grandes invisibles vendrían a recordarme aquel sueño un poco obsceno y sublime a la vez, pero todo quedaría entre nosotros...

## XLI  La segunda persona
### Ana Milà

I

Ana Milà había decidido no parecerse a sí misma.

Lo decidió en un momento de crisis, y después en la frialdad de los días calmosos lo tomó como un juego divertido, el único juego que le quedaba por hacer.

Su exterior le proporcionaba algunas satisfacciones, pues era bonita, pero estaba cansada de su interior siempre descontento y afligido. A los veinticuatro años se había encontrado con un carácter ambicioso, sensible, sediento de saber, de cambios y de sinceridad. Odiaba los límites y la estrechez de espacios y cerebros; algo secreto la guiaba hacia lo prohibido, lo difícil y laborioso. Ella no sabía por qué tenía aquel caracter. Ya de niña había ido contra el ambiente que la rodeaba y fue algo subconsciente en que no intervenía la lógica. Ahora aunque tenía una personalidad ya hecha (insoportable, original, absurda, como decían algunos), pensó que podría cambiarla y crear una segunda persona mental, que deshiciera la primera.

Todo consistía en reprimir el disgusto que le producían algunas personas y el odio espontáneo que le producían algunas frases típicas según el modelo parecido a las de: "¡Cómo está el mundo! Aquí en España tenemos un sol envidiable. ¿Qué partido se juega hoy?" La indignaba el asombro hacia el progreso y el temor hacia lo nuevo que muchos parecían sentir, la sumisión que algunas mujeres demostraban y la vulgaridad de algunos hombres.

Pero debería dejarse llevar por la corriente, asimilar, adaptarse, corregir... Eran los cuatro verbos que empleaban los seres normales. En realidad no se trataba de crear una "segunda persona" mental o emotiva, sino tomar la colectividad impersonal de todos.

Siempre su manía de construir frases grandilocuentes... Eso debería corregirlo también. Era lo que más molestaba a Germán, el novio de su hermana, y era delicioso molestar a Germán. Pero ahora se había acabado. Estaba fatigada de haberse desgastado en monólogos inservibles durante años, y además temía la exclusión y el quedarse irrevocablemente sola.

Adaptarse es lo que había visto hacer siempre a los suyos y a todo el mundo. Su hermana Emilia se adaptó a un novio que no le gustaba y al trabajo paciente de coser todos los días ayudando a aquella modista de carácter imperativo y malhumorado, la Sra. Ortíz. Su madre se adaptó a dar clases primarias a los alumnos, en general nada atentos, a una escuela pequeña y mal alumbrada y a ganar poco todos los meses. Sin embargo, su situación no era mala, pertenecían a la clase media, vivían en la ciudad, estaban a punto de emparentarse con una buena familia, como se dice, los Ayuso, que eran muy numerosos, católicos y respetables.

En un día de diciembre Ana había decidido empezar su juego: el método de su indoctrinación en adaptarse.

Sabía que no iba a serle fácil y que a veces sus nervios estallarían. Por lo menos pedía el derecho de domesticarse y autodestruirse en el transcurso de pocas horas. Quería que sucediese rápidamente, porque la lentitud la exasperaba; pero sin duda la evolución sería lenta y penosa; lo que siempre le había inspirado rabia tardaría mucho en inspirarle otra sensación.

-¿A quién podría parecerme? –se preguntó mirando a todas partes con un sentimiento de oposición y de crítica.

Esto era lo primero que debería eliminar, el desacuerdo con todo. Y debería llenarse con los espíritus del conformismo general que su ser calificaba de aplastante y aniquilador, fruto de una sociedad abrumadoramente conservadora, mediocre y sin energías.

-Pero mi ser ha fracasado, no debo pues escuchar lo que dice. Debo parecerme a alguien que, si ha fracasado, no se dé cuenta y así será menos doloroso.

Debía buscar a alguien que no tuviese problemas, aunque detestaba los cerebros vacíos. ¿Qué importaba lo que detestase o no?

Pensó en su hermana Emilia, que era un poco infeliz e infantil y sin embargo, también tenía problemas; demasiado tímida y apocada, todo le era un suplicio excepto coser y rezar oraciones monótonas. A veces se diría que le gustaba que le gritasen y nunca se rebeló contra la Sra. Ortíz, lo cual Ana no podía comprenderlo. Tal vez algún día lo comprendería.

Después, pensó en el doctor Giménez, escrupuloso, preocupado por la falta de recursos y las miserias actuales, pero con una actitud de agobiante pasividad. Parecía el personaje descrito por Chehov en su "Sala número seis", que hubiera querido ayudar a los locos mal tratados y sacarlos de aquel monstruoso encierro, pero que vivía más en una filosofía de la contemplación que de las acciones. El doctor Giménez era instruido, veía las injusticias y protestaba contra ellas, aunque sin arriesgarse mucho, en locales poco frecuentados o en casa de Ana, donde casi nadie pudiera oírle; era cobarde, hipócrita con los superiores y no se decidía a hablar abiertamente. A pesar de ello, tenía muchos problemas y luchas interiores, pues no armonizaba con los demás y vivía amargado. No, Ana no debía cambiar su malestar por el de él.

Sin duda, el mejor ejemplo de inconsciencia y de pocos sufrimientos era Germán, un muchacho apático y frío que no se interesaba por nada, excepto por los deportes. Miraba la política, la psicología, como rastros espinosos que no quería seguir; citaba frases importantes, aprendidas de memoria, pero no las entendía, y el lenguaje impulsivo e improvisado de Ana le irritaba. Era presuntuoso, siempre hablando de su fuerza física, tradicional en sus costumbres, sin admiración por el arte.

-¡Cómo le aborrezco! -pensó Ana. Y sin embargo, debería imitarle si quería sobrevivir...

## II

Experimentó un vago placer aquella mañana al ir contra sus propias reacciones habituales. Sus reacciones la empujaban con violencia a ser la misma de siempre, pero no... Contra su costumbre tendió una mano sin entusiasmo al doctor Giménez. ¡Había visto dar la mano así tantas veces! Apagadamente, con aquel roce que ni negaba, ni afirmaba, que parecía temer comprometerse. Este acto preliminar definía ya un cambio en su carácter antes efusivamente español de desbordante franqueza, que se estaba volviendo deslizante, desconfiado, un tanto remoto y dormido. Debía aprender eso también como un dato valioso.

Tampoco apoyó al doctor en sus críticas contra la sociedad, y éste pareció algo confuso, esperando lo que ella dijese. Indudablemente, los dos se llevaban bien, se habían entendido mutuamente y las charlas con el doctor habían llegado a ser un sedante para ella. A veces le producía rabia aquel hombre todo hecho de teorías, que no actuaba en absoluto para buscar soluciones o al menos mejorar un poco lo malo, pero él era un ser débil, viejo ya, con una voz asmática y decaída. Era curioso cómo la inteligencia de aquel espíritu apagado y la de una mujer joven y revolucionaria habían llegado a poder unirse durante años.

El doctor fumó un cigarrillo, tomó asiento y empezó a murmurar:

-Es asombrosa la cantidad de enfermos mentales que hay. Ya pueden decir de los demás países, alcoholismo, suicidios, locos por todas partes... y aquí también abundan esos casos de desesperación. Y no hablemos de las parejas separadas a escondidas, que se divorciarían inmediatamente si existiese tal liberación. ¡Y el analfabetismo cerebral, la ignorancia de las gentes que saben leer, pero no pensar por su cuenta y se alimentan de propagandas del periódico, de la radio! Y las mujeres adulteras prostituidas por necesidad... Creo que los problemas económicos influyen mucho y traen complicaciones de todo género. ¿Usted qué opina, Ana?

Ana decidió usar una de aquellas frases típicas pero ahora empleada por ella misma:

-La culpa es del mundo moderno. ¡Llevamos una vida tan agitada! No sé adónde iremos a parar con tanta prisa.

-Creía que a usted le gustaba lo moderno -dijo él con evidente mal humor.

Pero siguió hablando, de la poca conciencia profesional de sus colegas y el atraso científico que llevaban; de la caridad deprimente que se daba a los enfermos pobres y el carácter autómata y frío de las monjas y enfermeras. Además, fuera de los hospitales él apercibía muchas otras cosas negativas: la escasez de colocaciones; la necesidad de emigrar a otros países para no pasar hambre y privaciones en los terribles sesenta; la preponderancia de la recomendación y el enchufe sobre los méritos propios, para llegar a ser alguien; la extraordinaria masificación compacta de todos los seres bajo una misma patria, la gran España, en la que por desgracia había grupos de tantísimas clases, y nunca se sabía quiénes eran los unos y quiénes los otros, de quién uno podía fiarse realmente. ¿Eran más potentes los del Opus Dei o los de Acción Católica? Él siguió hablando sobre la falta de tema en las conversaciones, la poca facilidad en los estudios, el odio de los obreros entre sí, que sólo esperaban tener poder para aniquilarse; el carácter esforzado, trabajoso y exhibicionista de muchos que vestían bien a toda costa, pero pasando graves apuros económicos.

Toda esta descripción fue interrumpida por la súbita llegada de la Sra. Milà, que dijo en un tono ligero:

-Vamos, usted siempre cuenta cosas desagradables. En España también hay muchísimas agradables, sobre todo, tenemos paz y tranquilidad, que es lo principal.

No lejos de allí Emilia estaba cantando una canción de moda, baja y monótonamente. Se oía el grifo de la cocina, que sonaba con persistencia. La voz del doctor Giménez se había apagado de pronto.

Durante aquel día largo Ana no contradijo a nadie. Trabajó más que de costumbre y no perdió el tiempo en discusiones. Era un buen principio el de pasar inadvertida, colaborar con los demás, con su silencio que al final acabaría por anular su ser y su carácter explosivo. De momento, aún no podía sentarse con los demás a celebrar "las maravillas: paz, orden, religiosidad..." Pero ya haría bastante en quedarse callada y en no perturbar la fiesta de los que "estaban conformes". Aquel día ya no trató de convencer a su hermana Emilia, para que se rebelara contra la Sra. Ortíz. ¿Para qué? La conclusión era siempre la misma. Aparecía siempre en los ojos de Emilia una luz como diciendo: "¡Oh, debe ser maravilloso ser libre!" Pero nada más.

Emilia sufría metamorfosis frecuentes. Por las mañanas estaba animada y hasta tenía cierto buen humor. Después, a medida que pasaban las horas, ya se la iba viendo cansada, con un cansancio contagioso que se apoderaba de cuantos hablaban con ella. Por la noche, cuando recibía la visita de su novio, tenía un aire de reserva y de poca vitalidad, aunque se arreglaba mucho entonces y casi se pintaba con exceso.

Emilia se quedó escuchando el ruido de los coches, mientras comentaba con orgullo que su novio pensaba comprarse uno también. Ana detrás pensaba:

"No lo entiendo, cada vez aumenta el número de coches y televisores. Todos tienen ya televisor, no sólo en los bares, y esto prueba dinero."

Una voz interior le dijo que todo era ficticio, a base de plazos y de trabajar 14 horas diarias o de no trabajar, como los Ayuso, que ocupaban empleos de adorno; todo era falso, exterior, era como la mejoría aparente de un paciente grave. Muchas inteligencias y espíritus ya habían muerto y otras cosas acabarían por morirse igualmente, mientras esperaban ser mejoradas. Pero Ana se guardó su opinión silenciosamente.

Aquel día tampoco intentó convencer a su madre para que cambiase los métodos de enseñanza y diera más libertad a sus alumnos. La Sra. Milà les trataba con una disciplina excesiva y Ana, que había estudiado libros de psicología, aseguraba que ello les crearía un mal mental y unos complejos terribles. Al fin y al cabo, los niños de ahora formarían el futuro de la nación, y si eran unos seres acobardados o llenos de odio reprimido el futuro no podría ser muy brillante.

La Sra. Milà estaba bien conservada a los 55 años, tenía un pretendiente, Matías Blasco, un amigo de su difunto esposo, que adoraba su serena belleza. Este hombre y su hija, junto al doctor Giménez y Germán, eran los visitantes más asiduos de la casa. ¡Tantos visitantes! A veces preferiría estar sola, pensó Ana.

Con una sensación de vértigos extraños se fue a dormir y con la única noción clara de que estaba muy cansada.

### III

Sintió que se ahogaba en el lecho y las sábanas empezaban a despedir un peso terrible. Después, tras el malestar físico vino el psíquico, reforzado por visiones y pesadillas de lo que había sucedido o mejor dicho, de lo que ella no había dejado suceder... Aquel día callado, cohibido, lleno de contenciones no podría olvidarlo fácilmente. Había sido un episodio de profundo mal psicológico. Es cierto que el mal mental se lo hacían siempre los demás, pero aquel día ella se había asociado con los torturadores. Había sido el primer paso para adaptarse a la sociedad de las mayorías, de los indiferentes, de los mediocres triunfadores que se contentaban admitiendo, que no inquirían, ni buscaban. Recordó la voz de su madre y su frase penetrante que reunía en sí la frase de miles de españoles, la sugestión de todo un pueblo temeroso: "Tenemos tranquilidad, que es lo principal. Tenemos paz, paz, paz..."

Recordó que había dejado al doctor Giménez solo en sus protestas y que el doctor se había callado y tuvo una expresión de hundimiento total, de pedir torpes disculpas, mientras se retiraba con prisa. Dos seres débiles unidos aún podían presentarse con cierta dignidad, pero uno solo quedaba como un iluso, un incapacitado.

Ana se acusó a sí misma. Soñó que era una de las enfermas descritas por el doctor, sin medios económicos, y aquél era el castigo por no haber hablado cuando debía haberlo hecho, ni arreglado ninguna de las situaciones lamentables.

Soñó luego que estaba en una sociedad más perfecta, justa, abierta y mejor en todos los aspectos, pero que ella no había hecho nada para crearla ni para ayudar en los impulsos hacia el progreso. Se sintió desnuda, ausente en las etapas decisivas, carente de méritos, y la miraban con reproche los habitantes de la justicia y el ideal social. Ya no pertenecía a la poesía, a las aguas cristalinas de ser realmente lo que era, sino que se había dedicado a las luchas morbosas contra su propia identidad.

Todas las voces de la sinceridad herida empezaron a llenar la habitación y a quejarse entre llantos y amenazas. "No fingir más, deshacer el equívoco." ¡Oh sí! A la mañana siguiente se levantaría y gritaría con todas sus fuerzas que estaba cansada de aquella decadencia pacífica, aquella esclavitud de dictadura militar, sin democracia, sin elecciones, ni partidos, ni derecho a la huelga. Durante sus 24 años siempre había oído lo mismo: paz... Pero después de todo, la paz no era tan cierta, no era el producto de un diálogo, sino sólo de las armas y la fuerza bruta.

No todo el mundo estaba conforme y había un gran desasosiego latente, una efervescencia creciente de oposición secreta; había grupos subversivos luchando, puntos de rebelión y seres revolucionarios que aún tenían sangre en las venas. Ella había estado conectada con centros estudiantiles y lo sabía. Los estudiantes en las universidades eran los más inquietos; sin embargo, había allí también muchos delatores y por eso fracasaban todos los movimientos y manifestaciones. A Ana muchos le inspiraban gran desconfianza. No podía evitar el miedo a los espías entre algunos de los estudiantes que hablaban como si fuesen de la oposición y después resultaban ser del gobierno, miembros de la Falange, del Opus Dei u amigos de militares y policías. Adivinaba en muchos una sombra de segundas intenciones y maquinaciones que no entendía.

Tal como estaban las cosas, no se podía preguntar sencillamente: "¿Tú quién eres y qué crees?" Eso habría sido absurdo. La transparencia asfixiante de los de derechas con su engreimiento y orgullo por el franquismo era sólo una parte de la moneda, estaban también los anfibios, los medio revolucionarios que uno no sabía cómo catalogar, por ejemplo, escritores que empezaban a decir verdades veladas en los periódicos, pero que por otro lado se entendían muy bien con los del régimen. Ana no sabía cómo moverse en aquel suelo resbaladizo, ni nada le parecía claro. Era evidente que, gracias a los riesgos de algunos y las agazapadas infiltraciones de otros, se estaba consiguiendo una mayor libertad de expresión, abrir el país hacia nuevas tendencias. Había como una especie de pacto entre fuerzas contrarias para, todos juntos... poder conseguir algo, pues una tendencia sola monolítica hubiese sido incapaz de ir contra el gigante dictador. Pero todo era ambiguo y sospechoso. ¿Había progreso realmente o era sólo una apariencia de tal, una falsa liberalización para poder así el gobierno durar aún más tiempo? La evolución más natural, cuando es reprimida, siempre va acompañada de comedias complicadas y de un malestar indescriptible. Ana lo sentía en el aire, en todo, incluso en lo más intranscendente como en el ir a buscar unas entradas para una diversión o al intentar hacer una broma.

-Cuidado -le decía una voz-, no sabes cómo reaccionará. Tal vez esté pensando en algo grave, pero si le hablas de algo grave (de la crisis política, de si los monárquicos aún esperan el regreso del rey, de por qué existe la pena capital en España) quizás se eche a reír o quiera delatarte.

Los tipos indefinidos, misteriosos, fascinaban a Ana y la espantaban al mismo tiempo. En ocasiones creía notar que el ser más superficial se ponía a analizar algo y se lo guardaba celosamente, mientras fingía no entenderlo y no saber de qué se trataba. Eso le ocurría con algunos extraños. Con su familia y los vecinos ya no tenía aquel problema de doble visión y les veía siempre del mismo modo, con un trato sin destellos; les veía sin alma, ni vida real. Había algo desagradable en el hecho de conocer tanto un espacio corto y árido y en cambio, desconocer tanto las extensiones amplias, transcendentes, que adivinaba en el mundo.

Ana se levantaría pronto y le diría todo esto a su madre, y la Sra. Milà se escandalizaría mucho, porque ella se creía muy llena de vida y destellos luminosos. ¿No cuidaba acaso su apariencia física? ¿No trabajaba todos los días decorosamente y siendo útil a sus semejantes? ¿Qué más podía pedirsele?

Emilia abandonaría su cuarto y la miraría con simpatía, esforzándose en ser moderada.

-Quizás tengas razón. ¿Tú crees que un cambio político sería conveniente? Germán dice lo contrario.

-No me extraña. Personas como los Ayuso son los que mantienen esta situación, para ellos no terminaría jamás.

La Sra. Milà tosería, suspiraría y a añadiría que las guerras siempre eran destructivas; por otra parte, las masas incultas eran terribles cuando se desbordaban y esto había pasado con el comunismo durante la república y la guerra civil. Ahora no se estaba tan mal. Lo que a Ana le faltaba era la religión para tener un buen equilibrio y conformarse con su destino.

-Y ¿crees que aquí hay mucha moralidad y Santidad? -gritaría Ana-. Aquí todo está disimulado, tapado por capas externas de piedad, pero en realidad una ética constructiva y sana no existe. La corrupción y el soborno existen, y de ello se derivan el servilismo, la falta de corrientes amistosas. El egoísmo individualista de cada uno que sólo piensa en situarse bien él; el deseo de la intriga y las murmuraciones, el frío y humillante trato de los centros benéficos que aportan una protección mínima a los necesitados. Todos esos escándalos en nombre de la religión son peores que la escasez de creencias, pues interiormente nadie cree en nada.

Y Ana discutiría con todo el mundo, como lo había hecho hasta entonces, y ello le produciría un alivio inmenso.

Pero no duró mucho la idea de esta satisfacción mental. Los peligros, los riesgos, lo negativo de su torpe franqueza cotidiana que había llegado a ser monótona, inexpresiva e insoportable también... todo eso se le apareció llenándola de nuevas pesadillas.

Soñó que el doctor Giménez ya no se acercaba más por allí. Ella le había decepcionado y ahora la dejaba sola en sus discusiones. Después soñó que pasaban los años y ella no llegaba a casarse, porque ninguno de los jóvenes apolíticos, deportistas y de parroquia le gustaban. Incluso soñó que había gritado más de la cuenta, desesperada, y ahora estaba en una prisión con su amiga Isabel Segura.

Ana e Isabel se compenetraban mucho, tenían las mismas ideas; ambas eran jóvenes y se ahogaban en el ambiente familiar que se veía influido en todo momento por el aire mustio y poco libre del país en general. Solían reunirse en un café a leer y a charlar, pero por aquellos días Isabel estaba fuera de vacaciones durante dos meses, y Ana experimentó en aquella noche una viva necesidad de su compañía. Resultaban agradables los encuentros entre las dos, con ella se sentía más a gusto que con su propia hermana Emilia. Y sin embargo, algunas veces desconfiaba, creía apercibir como si Isabel también ocultase algo detrás de sus espontáneas y bruscas expresiones, como si perteneciese a una organización secreta y las cosas que decía tuviesen un doble fondo. Sí, el eterno miedo al espionaje... Sin duda, era una obsesión absurda y sin fundamento en el caso de su amiga Isabel tan clara y noble.

Era un temor constante que había tenido su origen en el silencio, la cautela y la hipocresía pasiva de los demás, poco fiables, medio a punto de obrar, medio a punto de traicionar las acciones empezadas por ellos mismos, y ese temor se lo producían todos los seres, hasta los más inofensivos. En el caso de Isabel no se trataba de una muchacha inofensiva, era inteligente y perspicaz, pero sobre todas las cosas parecía leal.

La visión de Isabel en sus sueños no tuvo nada de tranquilizador. Se le apareció, vieja ya, sin ánimos para criticar ninguna injusticia, y las dos tratando de abrir una puerta que no cedía en un lugar oscuro. Y entonces la libertad para ellas no consistiría en hablar, escribir o pensar como quisieran, sino simplemente en salir al aire libre, tomar las pequeñas compensaciones de poder moverse, de la respiración y la sed por cosas externas del cuerpo, que tenían también una importancia vital.

De nuevo volvió la voz de su madre repitiendo:

-Tenemos paz, paz... y también libertad, si no nos metemos en juegos peligrosos de política y todo esto.

Claro, en el mezquino sentido de la palabra eran también libres.

Ana se despertó temprano con una especie de angustia, que fue atenuándose al reflexionar más fríamente.

"A pesar de todo, mi segunda persona ya ha crecido más y ya tiene más fuerza. Mi primera está temblando de miedo. ¡Pobre Ana! Teme perderse cuando pasen algunos días como éste de ayer. ¡Qué terrible! ¡Cuántas horas tendrá el día de hoy! Pero ahora ya no puedo ser la de antes y además, quiero vengarme de Ana, la primera, porque nunca me ha hecho triunfar. No hay oportunidades para los rebeldes y sinceros y sólo la astucia se premia. Nada es firme en mi interior y los apoyos quedan lejos. Debo proseguir a ver lo que sucede. Germán... Eso es... Le detesto y debo parecerme a Germán Ayuso."

Con paso autómata fue al comedor, donde la esperaban para desayunar.

IV

Emilia suspiró tres veces antes de decir:

-La Sra. Ortíz estaba de un humor insoportable ayer. Pero en fin, hay que tener paciencia. Cuando me case, podré dejarla, es decir, si nada sale mal. ¿Crees que gusto lo suficiente a mis futuros suegros? De todos modos no me importa mucho, la verdad.

-Claro que les gustas -dijo Ana suavemente-. -Ellos tratan con superioridad a todo el mundo, pero tú les pareces seria y trabajadora.

-Eso sí. Seré fiel a mi marido, tendré muchos hijos y los educaré religiosamente.

En pocas palabras, había firmado la sentencia de lo que iba a ser su futuro.

-Y será fantástico tener una familia numerosa -dijo la madre, que llegaba en aquel momento. -Nosotros también eramos 7 hermanos. Cierto que cuando no hay dinero, no es muy agradable...

El rostro de la mujer se ensombreció unos segundos, pero pronto volvió a sonreír y anunció que tenían invitados.

Los Blasco, Matías y la hija de éste vendrían a comer aquella tarde.

La Sra. Milà se enfrascó en una descripción sobre el menú que debían preparar. Era una lástima trabajar las tres y no poder dedicarse a la cocina. Ella admiraba a las mujeres de su casa, como Teresa Blasco; con la casa ya había suficiente. Ana solía indignarse y replicar que el papel de la mujer debía tener más amplitud. El carácter de Ana era bohemio, se habría alimentado sólo con bocadillos y habría pasado el día fuera del hogar. No podía concebir la vieja costumbre española de vivir sólo para comer, como si la comida fuese lo más importante, el centro de todos los planes.

Ana no hizo ningún comentario y procuró que sus pensamientos tampoco la atormentaran. Mientras terminaban de beber el café, la Sra. Milà pareció observar el cambio en su hija. Se la quedó mirando y preguntó:

-¿Qué te ocurre, Ana? Estás silenciosa y además no te quejas de nada, lo cual es extraño en ti.

-Es cierto -confirmó Emilia-. Háblanos de tu oficina. ¿No te discutiste con nadie ayer?

Su voz reflejaba más ansia que ironía, como si en el fondo echase en falta las escenas explosivas y ardientes que Ana solía contarles.

-No, ni volveré a hacerlo más -dijo Ana sin entusiasmo-. Ayer tuve un día pacífico.

Su madre aplaudió.

-Lo celebro. Es lo más juicioso, creeme. Debes estar bien con tus compañeros de trabajo, aunque no tengan tus mismas ideas. Lo importante es que estés bien de salud y que no te despidan de la empresa. ¡Es tan difícil encontrar empleos buenos!

-¿De veras? Pero ¿hay algo difícil en España? Yo creía que aquí todo era muy fácil -musitó Ana.

Por fortuna, no parecieron oírla y la Sra. Milà prosiguió:

-¿Nos prometes que nada de esto ha sucedido, que no te han despedido?

-No, nada.

-Entonces, podemos estar tranquilas. No hay motivos para preocuparse.

Sí, una depresión más o menos, un choque de rabia, un cambio de personalidad, todo esto no merecía la pena de hablarse.

Ana miró su reloj y se levantó al tiempo que las otras exclamaban:

-Es ya tarde, debemos irnos.

Ana no tenía muchos amigos en el despacho. Había un tal Pedro Cruz, que se creía un don Juán, hablaba francés y decía ser cantante de un conjunto en sus horas libres. A Ana le tenía rabia, porque nunca le había hecho caso. Después había un joven de falange muy pulido y correcto de carácter apacible, pero a quien Ana despreciaba por pertenecer a aquella organización y por disfrutar de ventajas y conexiones muy útiles que le hacían prosperar sin merecerlo mucho. Luego había también un monárquico renegado que apoyaba el nuevo régimen y la nobleza franquista. Los demás eran una cantidad de personas anodinas, sin entusiasmo, rutinarias que, de no ser por alguna debilidad marcada, habrían sido amorfas. Por ejemplo, la debilidad de Ernestina era coquetear con los hombres; la de Mercedes la superstición y el interesarse por los astros excesivamente, y la de Laura criticar con sátiras ingeniosas a los demás cuando los demás estaban ausentes. Fuera de estas órbitas se aburrían mucho, reían sobre bromas, leían revistas, les gustaba el chocolate y las vacaciones, pero nada les quitaba aquel aspecto de asco y de vacío. La felicidad de Ana hasta entonces había sido la de tantear las opiniones de todos y hacer que se interesasen por los problemas sociales. Pero Ernestina se quedaba mirando con ojos lánguidos y provocativos a Pedro Cruz, Mercedes empezaba a teclear más rápidamente como para distraerse de las palabras abrumadoras que lanzaba Ana; el de Falange se ponía contrariado discutiendo con ella sobre las grandes mejoras que se habían hecho en 25 años. El viejo monárquico aseguraba que las mujeres de hoy en día querían saber demasiado y que Ana era muy joven, para entender nada de aquello. Laura a veces daba la razón a unos y a veces a los otros; era despierta y activa, pero era un ser inestable en el que no podía confiarse; la crítica la atraía, en ocasiones criticaba el pecado y en otras la santidad, por eso, su naturaleza traidora exasperaba más a Ana incluso que las actitudes hostiles o indiferentes del resto.

-¡Oh,no volvería a repetirse aquella escena! se dijo Ana mientras entraba en el despacho.

Y en efecto, puso sumo cuidado en evitar choques también aquel día.

Pedro le dijo que estaba muy bonita y añadió:

-Se ve que las cosas van según tus planes, ¿eh?

-Eso será sin duda -murmuró Ana sintiendo unos deseos terribles de reír por aquella ironía. Sus gustos y planes ¿cuáles eran? Ya no podía saberlo.

El joven de Falange dijo que su hermana había ganado en un concurso musical y "sin recomendaciones", lo cual sonó falso en los oídos de Ana, como también sonó a falso su propia voz al responder:

-Me alegro, Andrés.

Y falso el timbre de Mercedes que empezaba a decir según su costumbre para alejar el pesimismo de sí:

-Hoy los astros nos anuncian un día favorable.

## V

Pero sin duda la prueba más difícil para Ana fue al medio día cuando regresó a su casa y encontró a los Blasco. Matías era un hombre flaco, exagerado en sus ademanes, ingenuo; sus ojos siempre reflejaban asombro, sorpresa, y eso era agradable en él, pues le hacía parecer menos viejo, aunque también fatigaba enormemente mirarle. Era lento de comprensión, un poco avaro, meticuloso, se fijaba con avidez en la limpieza, el orden y la belleza de las mujeres. Tenía un carácter romántico que gustaba de idealizarlo todo y buscaba una poesía almibarada para su mediocre existencia. Pero pese a todo, resultaba menos insoportable que su hija Teresa.

Teresa Blasco había sido la pesadilla de Ana durante aquellos años, una muchacha afectada; se hacía la tímida y quieta y presumía de un acendrado puritanismo. Vivía sólo para la casa, se había distanciado de los seres de su edad, como si su juventud ya se hubiese terminado; tenía aquella voz dulce, invariable, aquel acento de paz espiritual, y sin embargo, había algo irónico, sutil en ella, como si esperase el momento para lanzarse sobre alguien o para ser la mujer más frívola y egoísta del mundo. Algo resultaba evidente: la indiferencia, el poco afecto que le producían los demás, y no obstante, procuraba ocultarlo con su interés y sus efusiones que no eran sinceras.

Ana les tendió la mano y de nuevo tembló al pensar que quizás llegarían a pertenecer a la misma familia, pues la Sra. Milà y Matías Blasco acabarían por casarse. La madre de Ana se encontraba bien entre ellos dos y además, quería pasar una vejez tranquila sin tener que trabajar. Indudablemente se casarían.

Aquel día los Blasco traían una invitada, una turista suiza, llamada Henriette, a quien acompañaban para enseñarle la ciudad. Al verla, el rostro de Ana se iluminó. Siempre le ocurría igual cuando veía a un extranjero. El extranjero era el ejemplar de un mundo diferente, le hablaba de los mundos abiertos donde había libertad de expresión, adelantos y una moralidad distinta. Habría cambiado sin más su nacionalidad española por una de aquellos países, donde había la turbulencia de crímenes, robos y violaciones, según decían los periódicos... pero donde también había cultura, intelectuales, una constitución que permitía cambios de gobierno, huelgas y manifestaciones civilizadamente establecidas.

Hubo una época, cuando Ana tenía 16 años, en que se extranjerizó al máximo. Hacía que la llamasen Anne, bebía whisky, intercalaba frases inglesas y vestía estrafalariamente como lo había visto hacer en algunos turistas. Pero más que todos esos signos externos lo extranjero era su interior, que tenía sed de ambientes nuevos, y la verdad es que no los había encontrado. Todos los extranjeros que conoció la decepcionaron, y al final había llegado a la conclusión de que cuantos venían a España y les gustaba... y se quedaban en el país, era porque tenían intereses económicos o de otra índole a defender. Se hacían solidarios de un estado de cosas opresivo y no diferían mucho de los propagandistas del Movimiento Nacional. Si tenían algo de honradez, ya se asfixiaban allí y acababan por marcharse. Sin embargo, también era lógica la postura fría que algunos adoptaban. Ana recordó haberlo discutido muchas veces con una amiga suya belga.

-No entiendo cómo os gusta vivir aquí.

-Verás, todos esos problemas que me cuentas no son nuestros. Sois vosotros quienes tenéis que arreglarlo, nosotros estamos de paso y al fin y al cabo nadie nos molesta aquí. Al contrario, se nos trata con mucha deferencia.

Ana ya no buscaba el contacto de la belga ni de ningún otro. Pero aún hoy cuando veía a un extranjero, sentía aquella alegría momentánea y el magnetismo que ejercían sobre ella la lengua y el aspecto de unos recién llegados.

Los Blasco saludaron a Ana y le presentaron a Henriette como una amiga de Teresa, es decir, sólo se habían tratado hasta entonces por carta. Henriettete hablaba muy bien el español y gracias a eso se hacía entender, pues por lo demás tenía un rostro de lo más inexpresivo y una manera de mirar poco elocuente.

-¿Estás cansada, Anita? -preguntó la voz inconfundible de Teresa Blasco.

Ana procuró ser más amable y comunicativa aquella vez por las muchas en que la había tratado mal.

-Sí, un poco. Es un inconveniente tener la oficina tan lejos y tener que hacer el viaje cuatro veces al día. Yo me quedaría a comer en cualquier parte, pero mamá no me deja, dice que la hora de reunirnos a la mesa es sagrada. La verdad, yo preferiría una jornada intensiva.

Teresa exclamó burlonamente:

-Henriette, Anita es una admiradora de todo lo vuestro, de lo extranjero. Estoy segura que está rabiando por preguntarte cosas de Suiza.

Henriette murmuró sin abandonar su rostro inexpresivo:

-¡Oh, qué poco patriotismo! En Suiza también tenemos cosas malas, ¿Sabe?

Ana no pudo evitar el interesarse por aquel tema y exclamó:

-Pero tengo entendido que todos son allí muy cultos (ya empiezan por saber más de tres idiomas) y tienen un carácter cumplidor y cortés y un nivel de vida fantástico.

-Sí, pero no crea que todo es tan fácil. La gente no va tanto a los cafés como aquí y no tienen ese carácter espontáneo de los españoles, además, se trabaja muy duro. No es como aquí, que parece que juegan mientras trabajan y se ponen a hablar con cordialidad.

¡Cordialidad! ¿Cómo podía saberlo, si sólo hacía unos días que estaba en España? Ella no había visto la cantidad de horas diarias que se trabajaba, el pluriempleo para subsistir... la envidia entre compañeros, el mal humor en algunas empresas que se sostenían milagrosamente a base de trampas.

Siempre se encontraba con lo mismo, aquellos extranjeros prudentes, temerosos de ofender a los españoles, pero en el fondo ofendiéndolos si eran rebeldes llamándolos antipatrióticos. Ellos sí que no demostraban gran amor a la patria, pues no vacilaban en desprestigiar a su país.

Durante la comida todo fueron preguntas a Henriette sobre si le gustaba la ciudad y qué opinaba sobre España.

-¡Oh, es algo maravilloso! Me encuentro muy bien aquí. Ese sol que tienen ustedes y esas gentes de carácter abierto, y esta paz... Hay países en que no se puede ir tranquilamente por las calles. En Suiza sí tenemos orden y limpieza, quizás hasta excesivos, pero no hay esa religiosidad de aquí. Aquí todos parece que llevan a Dios en la mirada.

¿Se refería a Dios realmente o a las ventajas materiales de estar bien con la iglesia y con el poder del clero, que se había intensificado tras la desaparición de la república? ¿Se refería al temor que muchos tenían de ser mal vistos por unos señores católicos influyentes? ¿Se refería a la coacción que se ejercía sobre los fieles por medio de la incultura y la falta de conocimientos?

Matias Blasco exclamó muy complacido:

-Tendría usted que venir en semana santa, vería entonces las procesiones, que son algo impresionante.

-Sí, creo que vendré. No podré estar mucho tiempo lejos de España después de haberla conocido.

Ana sintió una súbita jaqueca al recordar la semana santa de todos los años cuando la mayoría se iban de la ciudad, los cines sólo daban películas bíblicas y la radio transmitía música sacra. No pudo evitar el decir:

-¿De veras le gusta tanto España?

-Sí, mucho. Los españoles esparcidos por Francia, Suiza y Alemania no pueden habituarse a estos países y siempre están deseando volver, y es que España tiene un atractivo especial.

Era cierto que la mayoría de los emigrantes volvían cuando ya tenían algún dinero, pero el motivo de su marcha había sido la miseria, pensó Ana, el delicioso producto del país, una miseria poco frecuente y no justificable, inconcebible en un punto rico, europeo y con constantes créditos de los Estados Unidos, que practicamente habían convertido a España en un satélite suyo.

Henriette anunció su proyecto de comprarse una casa en Madrid y dijo que había conocido a unos andaluces muy simpáticos. ¡Era extraordinario cómo los andaluces podían hacer reír con sus bromas! Luego siguieron hablando del toreo y del cante flamenco. Viendo a Henriette, Ana se dijo que si todos los extranjeros eran como ella y los otros que conoció, no valía mucho la pena ir a ningún sitio habitado por aquellos diplomáticos hipócritas, estrechos y reaccionarios. Pero sin duda, habría variedad de pensadores allá... Ana lo comprobaba con alivio al leer los libros que se habían escrito en otras partes. En España la literatura había sido limitada por la censura y se la inutilizó al máximo, no así en los demás países.

Henriette a pesar de todo, no pudo negar que en Suiza la enseñanza era gratuita y el seguro para los trabajadores muy bien atendido. A esto Matías Blasco añadió que también el seguro en España estaba muy bien y se habían construido unos ambulatorios de la seguridad social preciosos. Nada dijo sobre el abandono total en que quedaban los parados, los retiros insuficientes que se pagaban a los viejos jubilados, ni la prisa con que los médicos visitaban casi sin verlos a los enfermos tan lamentablemente desatendidos. ¿De qué servían los edificios bonitos y vistosos? Sólo para deslumbrar a la opinión pública. Ana recordó la frase del doctor Giménez, que solía decir:

—El seguro no beneficia a nadie, ni a nosotros los médicos (por eso actuamos con desgana), ni a los trabajadores, que no disponen de ninguna arma de protesta, como siempre.

La Conversación luego derivó hacia Emilia. Emilia se casaría pronto e iría a vivir con sus suegros, dijo la madre.

—Me gustaría estar el día de la boda -dijo Henriette -. En el extranjero se hacen muchos matrimonios civiles, pero esto no tiene emoción. A mí me encanta la ceremonia religiosa y el vestido blanco. Todo es más sólido, no sé.

La voz lánguida de Teresa lanzó un "¡Oh, naturalmente!" Y se horrorizó contra los matrimonios civiles, que en España no eran permitidos ni considerados válidos. Después empezó a hablar de sus ocupaciones domésticas, de lo que había hecho durante el día:

—Hoy he tenido una noche de insomnio, pensando que no sé organizarme y no cuido las cosas con bastante pulcritud. ¡Todos los objetos me son tan importantes y queridos, tengo tan pocas diversiones! Para mí el hogar es la única satisfacción—

—dijo, haciendo su voz más tierna y humilde.

Todos afirmaron que Teresa era admirable, y sobre todo, en aquella época cuando se veían tantas muchachas caprichosas informales. Ella era un ejemplo de discreción y abnegación filial. Emilia no tuvo gran parte en la charla. Ana creyó ver en sus ojos aquella luz rebelde diciendo:

-No se está bien aquí. Debe ser maravilloso ser libre.

En el fondo las dos sentían parecidamente algunas veces, pero Emilia nunca tuvo ánimos para expresarlo.

Matías Blasco se maravilló de algo, según era su costumbre; Ana no recordaba por qué motivo estaba asombrado esta vez.

Al final, la comida terminó y dejó uno de tantos mensajes desagradables en el espíritu de Ana, el de que vivía en un mundo a disgusto. Sin embargo, ya había hecho mucho, oyendo todas aquellas palabras impasible sin ponerse a gritar: "Sois una reunión de ilusos o de oportunistas sin ideales." ¡Oh, sí, ahora debería decirlo! Ya no podía más. Pararía a cualquier transeúnte en la calle y se lo diría:

-He estado con unos vendidos y unos ilusos hoy, y tendré que estar con ellos todos los días.

## VI

Por la noche Germán llegó puntualmente. Ana ya lo encontró sentado en el sillón, fumando, hablando de un baile de moda y de una fiesta a la que había ido con sus padres:

-Allí he encontrado a viejos amigos del colegio y hemos charlado un poco. Todos están bien situados, ¿sabes?

Esto es lo que iba diciendo cuando Ana entró. Se saludaron y Germán continuó fastidiosamente con el mismo tema. Ana no pudo evitar una sonrisa al pensar que para él todos sus amigos estaban "bien situados"; buena posición y bien situados era su eterna frase con su aire de pavo orgulloso y presumido. Una vez había dicho que se sentía muy orgulloso por tres razones, por pertenecer a la raza blanca, a la religión católica y a la nacionalidad española; despreciaba a los que no fuesen como él y, a pesar de las nuevas reglas del concilio, no podía mirar con buenos ojos a los de otras religiones.

Emilia tenía una expresión reservada y ausente, de poca felicidad. Se diría como si pensase muy confusa y torpemente en sueños de lejanía anestésica, igual que después de una operación. Le habían aconsejado tener pocas efusiones durante el noviazgo y por eso ni su cuerpo, ni su espíritu hallaban satisfacción en aquellas veladas. Miraba a Germán con cierto temor, como si se tratase de una segunda Sra. Ortíz. El cuadro era el mismo de siempre y otra vez la pareja produjo en Ana aquella conocida desazón.

-Carlitos tuvo suerte -decía Germán, se empleó en un banco y ahora gana más de 12.000 pesetas mensuales. Dieguito no servía para estudiar, pero la verdad es que no le ha hecho falta. El estudio no es nada tan imprescindible en un país donde hay oportunidades para todos. Se colocó como representante y entre comisiones y demás se saca más de 15.000. Francisquín ha conseguido adueñarse de la voluntad de su jefe; es secretario de un señor ya muy mayor que ha puesto su confianza en él. No sé lo que debe ganar, pero el caso es que lleva una doble vida, tiene una esposa y una querida y vive por todo lo alto.

A Germán eso de la vida doble no le parecía tan mal. Como muchos españoles consideraba que el marido podía ser infiel, era la mujer quien debía permanecer encerrada cuidadosamente en casa y no cometer adulterio.

Igual que en una pesadilla, Ana había escuchado aquellas palabras. Se le quedó grabado aquello de: "en un país donde hay oportunidades para todos" y se preguntó si se estaba refiriendo realmente a España... España, donde los artistas tenían que ir al extranjero para triunfar, pues aquí había un grupo de consagrados viejos que no dejaban subir a los principiantes, como no fueran de muy notables recursos; España, donde todo estaba reducido a una minoría de privilegiados: primeras damas como la denominada "dama de los collares", la devota Carmen Polo de Franco y toda la familia del dictador, los hijos adoptivos de tal o cual ciudad...

"¡Y qué diminutivos tan cursis usan los jóvenes de buen tono!" pensó. "Y sobre todo, ¡qué sueldos tan fabulosos ganan!"

Germán o mejor dicho, toda la clase de seres representados por Germán estaban llenos de humos y cuentos falsos. Muchas veces Ana no sabía si creer lo que decían. Aquellos relatos dinámicos de hombres acomodados y bienestar financiero sonaban a una asociación que todos habían establecido para mentirse mutuamente.

Ana recordó entonces que en una tienda una mujer sin mucha cultura, pero observadora y sincera, había dicho:

-Aquí todo son apariencias. Todos esos que dicen que ganan tanto... no puede ser verdad, y eso es lo que produce más rabia. Nosotros, que trabajamos tantas horas y sabemos cuán mínimos son los sueldos, debemos oír que otros hacen los millones tan fácilmente. Y que eso lo dijeran los señorones que manejan el pueblo y están forrados de dinero aún tendría un pase, pero que además lo digan también los obreros... es incomprensible. ¡Pues no dice la portera de mi escalera que su hijo gana una barbaridad! Y uno, claro, debe seguirles la corriente y ponerse a su altura. Pero yo sé lo que las empresas nos dan a nosotros y nos estafan con esos sueldos miserables. No lo entiendo. La verdad es que trabajando toda la familia se consigue vivir a penas, haciendo grandes esfuerzos, y eso tendría que mostrarse bien clara y públicamente para ver si lo arreglan mejor, en lugar de taparlo con fanfarronadas y maravillas inexistentes.

Los recuerdos de Ana se interrumpieron, porque ahora Germán había pasado a un segundo plano descriptivo, el de las muchas estudiantes que se habían casado antes de terminar la carrera y cómo la dejaron a medias, inacabada. Hicieron bien, según Germán, pues para él las mujeres doctoras o abogados "debían ser algo terrible". Todas sus conocidas se casaron, excepto Marta Silva, que había tenido un desengaño amoroso y se había hecho religiosa de las Carmelitas.

-Anita, creo que tú conoces también a Marta Silva.

Y Ana se vio mezclada en la conversación, procurando recordar las facciones de aquella mujer. Sin duda Germán se la había presentado en aquel club de niñas bien, de poca personalidad y de caras que se borraban enseguida.

-No sé quién es de momento. ¿Es bonita?

-Sí, y muy alegre. Yo no creía que seguiría ese destino. Claro es que le viene de familia, tiene un hermano misionero y dos tías monjas también. La madre de Martita solía envelesarse con tantos mensajeros celestiales, no así el padre, que era un incrédulo indiferente, algo así como tú, lleno de dudas y de filosofías ateas.

-Yo no soy eso -protestó Ana y se sintió como Pedro, que había negado tres veces a Jesús. Ella negaba ser diferente a los demás que la rodeaban y dejaba solo a un desconocido Sr. de Silva para que luchase contra toda su plebe de sacerdotes y monjas.

Casi se asombró al oírse decir automáticamente como había oído decir toda su vida:

-La fé no debe perderse nunca. La fé y la paz en un país son los que dignifican una sociedad.

Después, sin saber cómo se halló hablando con Germán de fútbol, de paisajes tipicamente españoles y de otros temas que antes la irritaban. Cuando ya se despedían, Germán dijo con aprobación:

-Desde que Isabel Segura no está aquí, te estás volviendo más sociable. No era buena su influencia, creeme.

Y durante aquella noche Ana trató de convencerse de que al fin y al cabo nadie era tan insoportable y vacío como parecía. Ni Germán lo era; con el tiempo llegarían a entenderse.

Había hecho bastantes progresos aquel día, había pasado del papel pasivo de la escucha al activo de una conversación tolerante y conformada.

## VII

Habían pasado varios días y en la casa reinaba una atmósfera apacible, pues el carácter de Ana siempre dio origen a tensiones que ahora parecían haberse sofocado. Verdaderamente, Ana ya no era la misma.

Lo cierto es que todo era muy aburrido para ella. Se apagaba más y más, y ya no parecía tener pensamientos propios.

Un día caminando por las calles había visto al doctor Giménez que hablaba animadamente con un policía. Había en sus ojos aquel servilismo de siempre, que parecía murmurar: "Yo no hablo contra ustedes. Si alguien lo dice, es falso. Soy

un adicto, admirador de todo lo que ustedes han organizado."
Y en efecto, el doctor tenía amistad con muchos policías y con el párroco del barrio. Pero en él como en Emilia y la misma Ana se veía aquella misma pesadez, aquel gesto de opresión, como si les faltase el aire.

El doctor estaba preguntando al policía:

-¿Mucho trabajo?

-Robos y crímenes no hay muchos. Más que nada son disturbios políticos en esos últimos tiempos. Los estudiantes son indomables, cada año preparan algo... pero esto con un poco de mano dura se soluciona.

Sí, el espíritu de la represalia, que se levantaba autoritariamente, dueña de un mundo, un mundo donde las armas vencían a las palabras y los pueriles deseos de libertad.

-Nosotros eramos una juventud más prudente y menos complicada, ¿verdad doctor?

-Sí, sí -confirmó el doctor, mientras ambos se alejaban calle arriba.

„Los estudiantes son indomables", se repitió Ana. Tal vez sentiría un alivio si pudiese ir allí a tirar octavillas y protestar. Pero había tal hipocresía en todo... ¿No eran los católicos los que se saciaban de bienestar y privilegios con aquel régimen? Y ahora algunos católicos progresistas se arriesgaban, iban a la cárcel incluso, dirigían un tipo de revolución ambigua y traicionera, lenta, pero segura y eficaz a su modo, que no llegase a ser tan alarmante como el comunismo ya conocido. ¿Hasta qué punto eran sinceros en sus opiniones? ¿O es que con su espíritu práctico y calculador querían ya preparar posiciones para el nuevo régimen de la democracia que había de llegar algún día tarde o temprano? A decir verdad, todo se hacía a medias, de una manera muy vaga e imprecisa. Había una unión entre todos, católicos progresistas, separatistas, monárquicos, hasta los anarquistas, para seguir adelante preparando el cambio o tal vez para controlarse y traicionarse mutuamente. Si el pueblo y los industriales apoyasen el cambio, y no hubiese tanto miedo, tantos intereses y tan poca sinceridad, las cosas ya irían más rápidas. Ana se dijo que la única actitud clara era la de los que estaban a buenas con el gobierno, por ejemplo, el sector donde ella estaba, donde nadie se quejaba. Era super clara la actitud del policía que odiaba a todos cuantos quisieran arrebatarle sus ventajas y posición de mando como "representante de la justicia"... Ese sí que era sincero. Uno sabía a qué atenerse en cuanto a él, pero ¡resultaba tan repulsivo! iba pensando Ana camino de la oficina.

Germán Ayuso había traído a casa de los Milà a muchos de sus amigos, todos "bien situados". Ana se sentía terriblemente desplazada entre aquellos jóvenes y muchachas. Intentaba imitarles en lo posible, aunque sabía que nunca podría ser como ellos por más que lo pretendiera.

Últimamente se hizo muy amiga de teresa Blasco, es decir, si amistad podía llamarse, pues cada vez le gustaba menos el contacto. Claro es que Teresa era un ser humano, pero su humanidad resultaba mezquina, ya que trataba a toda costa de divinizarse excesivamente. Si Teresa en un momento de confianza le hubiese dicho:

—Tengo un miedo terrible a quedarme soltera. A veces miro a los hombres con anhelos de prostituta contenida. En casa me dijeron que una chica virtuosa atrae más, pero ya tengo 28 años y... Hay momentos en que quisiera que tu madre y mi padre se casaran y a mí me dejaran libre y no vigilaran ninguna de mis acciones. Entonces me iría, no sé... a recuperar la vida que he perdido tan miserablemente. ¡Si supieras cómo temo a todos los que tienen tan buena opinión de mí, los vecinos, las viejas beatas de iglesia que me miran como a un ángel!

Si hubiese sucedido, Ana la comprendería y la estimaría, pero Teresa nunca se abrió a tales confidencias.

La familia estaba reunida en torno a la mesa viendo la televisión, donde un ministro pronunciaba un discurso sobre los temas habituales: la paz, los increíbles progresos de la economía española; los otros países debían tomar ejemplo de

España, que triunfó sobre el comunismo en la gloriosa cruzada de la liberación. Se pedía al pueblo un último esfuerzo más y pronto alcanzarían la victoria final. Todos oían el discurso en silencio, sin hacer comentarios.

Emilia pensaba:

-Siempre dicen lo mismo, palabras monótonas que no inspiran nada. ¿Será toda la política algo tan aburrido? Ana solía decir que no; hay presidentes y jefes de Estado que tienen una oratoria impresionante que arrebata a las multitudes. Esa voz de nuestro ministro no puede conmover a nadie.

La Sra. Milà pensaba:

-¡Quién diría que tenemos la economía tan bien! Yo siempre veo que hay periodos de crisis, y después en verano, cuando llegan los turistas, todo se anima un poco. En fin, si sólo se trata de hacer un esfuerzo más...

Ana sintió como una histeria repentina, un deseo incontenible de llorar, y eso que no era propensa a las lágrimas. Se habría levantado y apagado la televisión y habría roto los platos y tazas que había sobre la mesa. Deseó marcharse, dando un portazo y lanzarse en un coche cualquiera y decir al conductor:

-Lléveme al aeropuerto. No puedo vivir más aquí, me es imposible.

Pero hubiera sido una actuación infantil. El mundo estaba lleno de países extraños, donde ella no tenía nada ni a nadie.

Ana cerró los ojos y procuró no oír el discurso. Debería pensar en algo que la distrajera, en su infancia tal vez. ¡Oh no! Emilia y ella habían sido enviadas a un colegio de monjas; estaba de moda, y además, una institución dirigida por las "dulces y pacientes esposas de Dios" parecía tener más calidad que la enseñanza pública.

Allí se contaban historias de miedo, para que las niñas no diesen mucho trabajo. La verdad es que no aprendían nada, excepto rezar y levantarse temprano. Las hermanas les hablaban de brujas y demonios, hadas y ángeles, y así crecieron con un interior cohibido que daba una excesiva importancia a lo sobrenatural. Después, al crecer, supieron que las hadas y las brujas no existían; los ángeles y los diablos sí. Pero ello no disminuyó su temor y la parálisis de ideas que ya se había creado en ellas. Una legión más o menos de espíritus no solucionaba el problema. Ana con el tiempo consiguió al fin desprenderse de aquel ambiente y prestó más atención al hombre mismo, al reino de las cosas visibles y a un Dios solamente que, si existía, lo cual aún estaba en duda, no era tan atormentador. Emilia, sin embargo, había quedado como hipnotizada y conservaba un respeto vehemente por la madre superiora, que solía darle caramelos y prometerle pedazos de cielo, a condición de que reprimiera sus impulsos. Algunas veces, los caramelos también obraban ese milagro con Ana, pero en general se sentía mal, como si no tuviese la conciencia tranquila cada vez que las hermanas le decían:

-Has hecho bien Ana, te mereces un premio por buena conducta hoy.

Aquel "has hecho bien" era como pecar para ella, faltar contra la espontaneidad de sus reacciones de cólera, de alegría o de duda.

-Quisiera no volver allí. Pero ¿qué estoy haciendo diariamente ahora sino seguir sus consejos y advertencias? Sé prudente Ana, no hables demasiado, Ana...

El discurso ya había terminado y el comedor se quedó silencioso de pronto.

La Sra. Milà preguntó a Emilia:

-¿Qué tal el teatro ayer, hija? ¿Te divirtió la comedia?

-No, no era muy buena. Naturalmente hubo aplausos, pero sin entusiasmo.

"¡Qué manía tienen los españoles de aplaudir lo que no les gusta!" pensaba Ana. "En otros países expresarían su descontento; aquí tenemos un espíritu tan cortés que no queremos hacer fracasar las malas comedias. Igual que con ese ministro de la tele... Le aplauden y le aplauden para oírle decir siempre las mismas cosas, y cuando Franco se desplaza a un lugar para pescar o bendecir algún monumento, en vez de silbar, la gente se agolpa y aplaude, aplaude atronadoramente."

-Si hubiese sido de Alfonso Paso, te habrías divertido, estoy segura -dijo Ana en voz alta.

Además, era un autor satírico que decía mucho sobre los problemas actuales, por eso le admiraba.

La Sra. Milà empezó a hablar preocupadamente de una de sus alumnas:

-Silvia está aprndiendo a leer, pero con mucha lentitud. No entiendo lo que le sucede. Es la última de la clase. Su madre es amiga mía y está muy intranquila. Tú que entiendes de psicología, Ana, tendrías que verla.

-Posiblemente le cuesta empezar a estudiar, pero cuando lo haya asimilado, entonces irá aún más de prisa que los demás. O ¿crees que es atrasada mental?

-No, es inteligente, aunque extraña; es muy inquisitiva y a veces me pregunta cosas que me ponen en apuros. A mí nunca se me hubieran ocurrido a su edad.

-¿Qué edad tiene?

-Siete años. Como vés, está muy rezagada. En la clase ya todas saben leer desde hace algún tiempo.

Ana reflexionó que a los siete años ella también había sido una niña extraña, así la llamaban todos. Y aquel caso le produjo interés.

-Bien, me gustaría conocerla.

-Entonces mañana la invitaré a tomar café.

-Pero ¿nos dejarás a solas un momento?

-Bueno, sí.

## VIII

Silvia era una criatura brusca, despejada y variable. Parecía un poco miedosa al entrar en la casa, pero tras tomar un refresco, y una vez la Sra. Milà hubo desaparecido, se quedó mirándolo todo, cogió la mano de Ana y empezó un diálogo de palabras rápidas:

-Su mamá es una mujer difícil. Usted no debe poder hablar de nada con ella, ¿verdad? Yo al menos no puedo preguntarle nada sin que se enfade.

-Tienes razón. ¿Y tu madre, es mejor?

-No, las dos son iguales. Dígame, ¿por qué tienen el mismo caracter si no son hermanas, ni familia? ¿Lo sabe usted?

-No sé. Tal vez porque recibieron la misma educación y sus padres tampoco quisieron contarles nada. A propósito, ¿no te gustaría leer libros interesantes?

-No, prefiero más hablar que leer. Y además, yo no sé hacerlo bien. Cuando leo para mí sí, pero en voz alta es un desastre.

Ahora la voz temblorosa de Silvia revelaba mucha tristeza.

-¿Por qué no te sale bien?

—Su madre siempre me hace leer al final y eso me pone muy nerviosa, porque tengo que oír a todas las demás y oigo las sílabas que pronuncian tan enteras y musicales. Procuro observar, imitarlas, pero cuando me toca a mí el turno, mi tiembla la voz, me equivoco y parece que no veo bien el orden de las líneas. Si lo hiciera al principio, me iría mejor, pero su madre dice que he de ser humilde y aprender de todas. ¿Cree usted que todas saben más que yo?

—No, siempre le he dicho a mi madre que la culpa es de su método, demasiado orden y disciplina. En América y en otras partes hay unas escuelas donde dejan a los alumnos hacer lo que quieran, es la completa libertad, y todos tarde o temprano aprenden a leer, porque es una ley de la naturaleza, casi como el respirar, aunque se necesitan unas cuantas reglas como con la natación. No es necesario exigir nada más.

—Debe ser maravilloso poder hacer lo que se quiere —dijo Silvia suspirando.

—Sí. Yo también lo he pensado muchas veces. Es admirable cómo nos parecemos las dos, yo también era así como tú. Y díme, ¿qué harías si fueses libre?

—Primero, preguntaría muchas cosas que no entiendo a una persona que no me corrigiese.

—¿quieres preguntarme algo, Silvia?

—No, ahora no. Eso sólo me viene en determinados momentos; me vienen curiosidades repentinas, en especial cuando alguien me atormenta, me riñe o se burla de mí. Cuando estoy a gusto como ahora no necesito preguntar nada. Y si lo hago, entonces es con una curiosidad alegre y sin miedo.

Hubo un ligero silencio, interrumpido enseguida por Silvia:

-¿Usted no cree que si supiera más cosas sobre todo en general, sobre la vida en sí, aprendería a leer más de prisa y entendería los libros más fácilmente?

-Es posible. Pero imagino que tú ya sabes mucho, y cuando escuches o leas algo, tú lo entenderás... No harás como otros que todo lo llevan a cabo por rutina. No hagas caso de mi madre, debes mantener tu espíritu independiente y sincero y no permitir que cambien tu manera de ser.

Ana se sobresaltó al oír sus propias palabras, que la condenaban a ella misma y a su "segunda persona".

-No permitas que cambien tu ser -repitió amargamente-. Tal vez cuando seas mayor te encuentres con una sociedad más comprensiva y tolerante que la actual.

La niña pareció muy satisfecha con su compañía y ambas quedaron para verse otras veces.

Durante la cena Ana habló a su madre con el tono distante y neutral de una de aquellas profesoras de psicología que había visto en las películas. Procurando aparentar indiferencia, dijo que Silvia era muy inteligente, en modo tal que alarmaba a quienes no sufrían aquellas inquietudes de búsqueda.

-Creo que has obrado equivocadamente, nunca aplaudí tus procedimientos. Le has creado un complejo de inferioridad al humillarla ante las otras alumnas. En el futuro debes hacer que lea la primera y no demasiado tiempo, para que no sufra excesivamente. Cuanto menos correcciones en público, mejor y ya verás como también aprenderá. En su casa no respira una atmósfera de mucha confianza con los suyos y esto también le es perjudicial. Además, tiene una gran necesidad de que no limiten sus preguntas, no soporta esa frase que sueles decir: "Tú no puedes entender eso. Dentro de algunos años." A mí también me lo decías y es un error. Te repito que todo ese sistema de fomentar la ignorancia de los niños está pasado de moda."

Sin embargo, debió recordar que la mayoría de los niños españoles aún lo seguían. Respiraban aquel aire opresivo de las viejas formas y empezaban a domesticarles ya desde un principio. La Sra. Milà se ofendió mucho contra su hija, hasta llegó a perder su calma habitual y dijo que estaba cansada de aquel lenguaje de "complejos y sutilezas" que usaban las ciencias de hoy en día. Luego murmuró de pronto:

-Ya sé que me odias, Ana; siempre me has reprochado la educación que te dí. Incluso estos días en que parecías más razonable, mirabas con rabia a todas partes. Tú nunca serás feliz, porque tienes un carácter (empleando tu modo de expresión) un carácter negativo al bienestar. ¿Qué querrías, que tu hermana y yo fuésemos a tirar bombas por las calles y empezásemos a discutirnos con los vecinos?

-Yo no hablaba de eso ahora -murmuró Ana ante aquel ataque inesperado.

-Pero estás llena de reproches e indirectas silenciosas. Pareces como sonámbula estos días y tus ojos tienen un brillo especial. ¿Por qué eres tan complicada? ¡Con los centenares de muchachas que viven tranquilamente! Por ejemplo, ¿por qué no podrías parecerte a Teresa Blasco?

Ana se estremeció.

-¡Jamás! -Luego exclamó con ironía-: ¿No decías que lo más importante era que no me despidiesen de la empresa? Bien, nada de esto ha sucedido... -y se encogió de hombros.

-¿Vés como me odias? Lo sé -repitió su madre-. Mis palabras mejor intencionadas no te gustan, nada te gusta.

-Creí que era un alivio para ti mi actitud apacible de estos últimos días, pero ya que no lo es, no vale la pena fingir más.

-Y ¿soy yo culpable de algo? Lo que tendrías que hacer es casarte y no soñar tanto en países que, si los conocieras, te decepcionarían.

Ana tuvo que contenerse para no llegar a una discusión todavía más terrible con su madre, y aquella noche se retiró más temprano a su habitación.

La paz y el equilibrio habían sido rotos. Su madre no estaba contenta de ella, ni de aquella segunda persona que adivinaba poco fuerte, muy artificial y a punto de deshacerse totalmente en alguna explosión de rabia. Su madre, al mirarla, había descubierto que toda la conformación repentina de Ana era falsa y entonces se había sentido recelosa y exasperada ante la actitud de la hija envenenada, sin saber lo que ésta pretendía.

"Mi lugar no está entre ellos. Nunca conseguiré adaptarme," pensó Ana.

Mientras cerraba los ojos, procurando dormirse, le vino a la memoria aquella voz de las monjas que solían decirle como en una letanía:

-Has hecho mal, Ana, has hecho mal al contradecir y afligir a tu madre.

Y entonces como cuando era niña, Ana no pudo reprimir la ligera satisfacción que le producía esa frase: "Has hecho mal Ana." Eso gritaban las monjas siempre que ella solía tener la conciencia más tranquila.

## IX

Ana se sintió feliz al leer el periódico aquella mañana. Era increíble cómo habían cambiado los periódicos en pocos años. Ahora se podía escribir con cierta claridad, algunos periodistas se permitían el lujo de decir verdades. ¿Cómo podían hacerlo? Indudablemente, estaban apoyados por algo, y lo curioso es que eran los mismos escritores que triunfaron durante el gobierno, a base de no irritar a los grandes... de estar de acuerdo con ellos y escribir libros poco objetivos sobre la guerra civil alabando el Movimiento Nacional. Y ahora sin embargo, parecía como si no estuviesen de acuerdo y empezaban la revolución de las plumas afiladas, de las expresiones agudas y valientes. Ana no lo entendía. Sólo su parte espontánea y poco cerebral disfrutaba al ver aquellas frases impresas de protesta y crítica, pues eran pensamientos suyos (no importaba quien los firmase) que ella había tenido ya desde su infancia. Entonces resultaba que no estaba sola. Desfilaban ante sus ojos las palabras de un comentarista cualquiera, por ejemplo de la revista Destino que era una de las de mayor oposición: "El pueblo español, un pueblo que sólo vive para los deportes... ¿Qué puede esperarse de esto?" Después en otro párrafo: "Aquí las cosas van muy lentas... y pese a que se construye mucho, el problema de la vivienda es evidente. Los precios son excesivos y nada está al alcance de las masas." Y luego: "Nos preguntamos, cuando los emigrantes de Suiza y Alemania vuelvan, pues ya no se admiten más españoles por el mundo... ¿Qué sucederá entonces? ¿Volverá a escasear el trabajo y el número de parados volverá a ser alarmante?"

Todo aquello eran pensamientos de Ana, por eso los aplaudía interiormente. Hubiera deseado conocer a uno de aquellos periodistas que se atrevían a hablar así.

Ana dejó el periódico y se marchó con rapidez. No quería desayunar, ni ver a su madre, ni el ambiente de todos los días. Tenía un motivo de alegría en medio de la hostilidad general: Aquella mañana vería a Isabel Segura, que había pasado el verano fuera. Las dos tendrían muchas cosas que contarse.

Isabel estaba morena por el sol, por lo demás no había cambiado, y su franqueza fue lo primero que Ana encontró de calmante y agradable. Si su "segunda persona" la había dominado durante aquellos días, ésta se desvaneció en un momento. Ahora, cuando podía estar junto a un ser que pensaba como ella, toda aquella tensión de ocultarse, de atenuarse a sí misma, dio paso a un alivio enorme... ¡Oh, si pudiese estar en un sitio donde todos pensasen como ella! Eso es lo que necesitaba, no cambiar sus opiniones que seguía considerando justas. Isabel también debió estar sintiendo lo mismo, pues exclamó:

-¡Son insoportables algunas personas! No creas que me he divertido mucho. Si hubiera podido irme al extranjero... Pero eso de estar en un perdido pueblo de Andalucía con las supersticiones que hay allí y la incultura y la pobreza, porque hay mucha pobreza, Ana.

-Lo sé. ¡Al fin, encuentro a alguien que habla mis propias palabras! No sabes lo que esto significa para mí, casi ya las había olvidado.

-Es exasperante ver esos pueblos en un país tan rico. Por eso todos vienen a las capitales -continuó Isabel -. Pero algún día esto se acabará. Ha habido muchos detenidos últimamente, pero no consiguen sofocar del todo los movimientos contrarios. Yo creo que esto ya es el final.

-No soy tan optimista, Isabel. Hace ya mucho que se habla del final, cuando hubo la huelga de tranvías y cuando la de los mineros de Asturias. Es un juego muy extraño y difícil todo en nuestro país.

Se quedaron un momento silenciosas.

Ana dijo de pronto:

-¡Oh, tenemos que hacer algo!

-Sí...

-Me temo que no podemos arreglar ninguno de los problemas que hay aquí, pero si desde fuera tuviéramos alguna ocasión, lo haríamos, ¿verdad?

-Sí.

-Yo no puedo seguir respirando esta atmósfera. He hecho todo lo posible para adaptarme a esta sociedad. Sólo puedo decirte que intenté acercarme a Germán Ayuso para imitarle, le miraba con atención constante y a todos los que parecían estar materialmente conformes con el régimen; ya no hablo de sus espíritus, pues los tienen apagados.

-¿De veras lo intentaste?

-Sí. No soy tan noble como tú y sólo pretendía vivir tranquila, pero no puedo.

Isabel sonrió.

-Todo nuestro problema es que necesitamos un lugar diferente; allí seremos perfectamente normales.

Y volvieron a hablar de aquel viejo sueño que ahora se disponían a convertir en realidad.

-Dejaremos esto y nos iremos al extranjero.

-¿Por qué no? Somos libres. Uno no debe encadenarse al lugar de nacimiento. La verdadera patria es donde uno empieza a sentirse a gusto.

-Somos jóvenes y venceremos todas las dificultades.

-Aquí tampoco vivimos gracias a los demás, sino a nuestro trabajo.

-Cuando lleguemos, les diremos a los ingleses o a los franceses la verdad de cuanto sucede en España.

-Creo que ya la saben más que nosotros mismos. Yo aquí dentro no entiendo nada, sólo noto la esclavitud que nos ahoga y la escasez de vida que me da esas ganas terribles de marcharme.

-Sí, buscaremos en el mapa y elegiremos una ciudad que sea bonita.

—Sobre todo, una ciudad donde no haya extranjeros como Henriette o los otros que he conocido, amantes de todo lo español.

—Lo español no es lo de ahora. En el fondo nos traicionan al decir que les gusta.

—Yo no he conocido ninguna otra época, pero en nuestra historia siempre ha habido mucho catolicismo y ahora parecemos haberlo conservado en grado sumo.

—No seas intransigente. Nuestro pueblo no es tan cobarde como crees. Ya lo verás. Hay muchos casos de heroismo.

—Si volvemos dentro de algunos años, me gustaría poder verlo.

Ana sintió entonces que su "segunda persona" había muerto ya de una manera definitiva. No sintió tristeza, sino alegría y casi deseó celebrarlo ruidosamente echándose a reír.

—Quiero invitarte a algo. Eres la mejor amiga del mundo, porque no me preguntas quien es Henriette ni ninguna de las personas desagradables que nombro.

—Olvídate de ellos.

—¡Oh Isabel, habría sido terrible que hubiese perdido mi verdadero ser! Por fortuna, todo lo que hice, fue inútil y ahora "soy yo," todavía con más fuerza. Ayer aconsejé a una niña que fuese sincera y no se dejase dominar por nadie. Entonces descubrí que yo no había cambiado, que era la misma. Por las noches soñaba en ser sincera otra vez, porque no hay satisfacción mayor que ésta; soñaba no en riquezas y lujos, ni en estar con miembros de la aristocracia española, sino independiente de todos los privilegios, con una posición sencilla en un ambiente nuevo donde nada me recordase a nadie.

-Lo conseguiremos, Ana, estoy segura.

Ana creyó estar oyendo a su madre, que indudablemente le diría:

-¿Adónde iréis solas por esos mundos de Dios? No sabéis la cantidad de peligros que pueden asaltaros.

Y quizás tuviese razón, quizás el extranjero tampoco fuese la gloria. Habría también sus injusticias. Nada iba a presentarse tan fácil, pero al fin, equivocadas o no, era la experiencia que el verdadero ser de las dos necesitaba.

Ana dijo mirando a los transeúntes que pasaban:

-Mi "segunda persona" ha sido como un huésped, cobijada temporalmente sólo durante algunos días, pero aquí la mayoría de la gente ha sufrido ese proceso de adaptación dolorosa, aceptan las coacciones fragmentarias de una jornada que se unen a las coacciones de la otra jornada, y se van apagando sin darse cuenta. ¿Tú ves mucha alegría en los rostros? No, no. Centenares de veces se repite el caso del hombre que hace el papel a los curas y a los guardias, y en el fondo les aborrece, pero no lo dice, porque trabaja en un sitio donde les ve a todas horas.

-Tienes razón. ¡Oh, yo no podría resistirlo! Por eso tenemos que irnos antes de que suceda una cosa así.

Ana prosiguió:

-Hay algunas personas a quienes sentiré dejar. Emilia... A veces noto en ella deseos de ser libre; a veces creo que está a punto de decirme: "¡Sácame de aquí! No quiero casarme con Germán. He tenido una infancia atemorizada por las religiosas, a quienes respeto, pero no amo". "¿Cómo podemos amar lo que nos destruye?" El doctor Giménez también me hablaba con sinceridad antes; durante muchos años su voz fue la única digna de oírse. ¡En fin, ellos se quedarán! Cada uno debe salvarse a sí mismo, y ellos no pueden expulsar ya a esa "segunda persona" que fue infiltrándose paulatinamente como en centenares de españoles. También la pequeña Silvia se quedará. Me gustaría llevarla a una de esas escuelas con métodos más sanos y no represivos. Pero lógicamente no puedo hacerlo puesto que no soy su madre.

Isabel, según su costumbre, no preguntó quién era Silvia y sólo trató de animar a su amiga. Volvieron a hacer proyectos, esta vez con más orden. Para Isabel, que ya había emigrado de un pueblo de Andalucía a Barcelona y después a Madrid, ir al extranjero no significaba más que andar un poco más lejos.

Cuando se despidieron, había en los ojos de Ana una mirada soñadora y alegre. Ya no volvería a sentir aquella desconfianza, como si todos pertenecieran a sociedades secretas, a grupos que querían apresarla. "La patria es donde uno vive, no donde uno muere todos los días." Haría las mismas cosas que en España, y sin embargo, sonaría distinto. Y pronto dejarían atrás la falsa paz española y las impresiones de temor; irían a los países abiertos, los países que hablaban de un amplio y más libre mundo exterior.

## Sobre la autora

Pilar Baumeister (Andreo y Vila de soltera) nació en Barcelona, privada de la vista, en 1948. Comenzó a escribir a los doce años.

Obras en castellano son:

„Estados Interiores", poesía; „La laguna de los diez Años", en 1966, novela corta, y la novela „El Antro de los Extraños".

En 1975 contrajo matrimonio y se fue a vivir a Alemania: Bonn, Marburg y principalmente Colonia, donde reside desde 1979.

Es doctora en Filología Alemana e Inglesa por la Universidad de Colonia. Su tesis: „Die Literarische Gestalt des Blinden im 19. u. 20. Jahrhundert", fue publicada en la editorial Peter Lang, Frankfurt am Main, 1991. Posteriormente (en 1999) se licenció en Filología Rusa también por la Universidad de Colonia.

Ya desde hace años escribe y publica en alemán poemas, novela y cuentos.

Su colección de relatos: „Die Erfindung des Erlebten, La Invención de lo Vivido" fue publicada en la editorial Bruno Runzheimer en Essen (marzo del 2000).

En el 2006 la editorial Free Pen de Bonn publicó su libro: „Zwei Länder, die sich lieben" Geschichten aus Spanien und

Deutschland, „Dos países que se quieren" Historias de España y Alemania.

Fue co-autora en numerosas antologías, entre otras: „Lyrikbrücken, Puentes en la Poesía" diez poetas invidentes de diez países europeos, publicada por Dahlemer Verlagsanstalt, Berlin, 2009.

En 2010 apareció su ensayo literario: „Wir schreiben Freitod... Schriftstellersuizide in vier Jahrhunderten, Escribimos muerte voluntaria... suicidios de escritores en los últimos cuatro siglos" (Peter Lang Verlag).

En noviembre del 2011 publicó en la Feria de la Emigración de Bonn su cuento bilingüe (alemán y castellano): „El barco Parso para todos, hasta para los ciegos".

Da recitales y conferencias periódicamente por Alemania y España. Desde 1998 es representante de los escritores extranjeros afincados en la región de Renania-Westfalia en el Schriftstellerverband, Sindicato de Escritores Alemanes. Desde 2006 coordina el Proyecto de lecturas con escritores emigrantes en sus lenguas respectivas y otros que ya escriben directamente en alemán, subvencionados por el departamento cultural del Ayuntamiento de Colonia. Colabora también activamente en el hermanamiento entre las ciudades de Barcelona y Colonia.

Desde 2008 es miembro de las Asociaciones de Escritores y Traductores de España.

Publicaciones más recientes:

„Getrübte Beziehungen", 2015
„Die Gedankenleserin - eine fantastische Novelle", 2015
„Bis morgen - Geschichten über Wiederholungsrituale", 2015
„Me escondí, pero gritaba para que me oyesen. Poemas de Minerva y otras voces", BoD - Books on Demand, Norderstedt, 2015
„Exotische Geschichten: Wo komme ich her?", 2014

# Índice

| | | |
|---|---|---:|
| Primeras Palabras | | 5 |
| I | El hombre de las excursiones l Agustín Rocas | 7 |
| II | Adiós a los espíritus oscuros l Marcela Vives | 10 |
| III | Coleccionar algo l Rogelio Sánchez | 14 |
| IV | La venganza juguetona l Marisa Roig | 17 |
| V | Poder aconsejar l Ignacio Herrera | 21 |
| VI | La autobiografía de Pilar y sus motivos para no deprimirse | 24 |
| VII | Resucitar de un drama l Javier López | 45 |
| VIII | Protección l Juana Martínez | 52 |
| IX | Medias jornadas l Ernesto Iglesias | 57 |
| X | La mitología del placer l Rosalía Contreras | 61 |
| XI | Envidia l Salvador Cuenca | 65 |
| XII | Maldad sentimental l Ursula Campos | 69 |
| XIII | La sombra del otro problema l Fernando Cortés | 74 |
| XIV | Sensibilidad monotemática l Cerlia Vermejo | 79 |
| XV | Mundo de preguntas y los murmuradores l Adolfo Suarez | 83 |
| XVI | Tiempo para vivir l Jacinta Pardo | 91 |
| XVII | Los mal alumbrados l Miguel Costa | 102 |
| XVIII | Los diques de contención l Lola Miró | 107 |
| XIX | Soluciones extremas l Samuel Rodriguez | 112 |
| XX | Los poderes selectivos l Melita Santos | 120 |
| XXI | El filtro de la ilusión l Andrés Morales | 126 |
| XXII | Las parejas y yo l Francisca Sastre | 131 |
| XXIII | Historias de risas diversas l Manuel Quintana | 136 |
| XXIV | Lentitud de reflejos l Carlota Jurado | 142 |
| XXV | El intermediario l Ramiro Segura | 147 |
| XXVI | Finales amables l Pepita Márquez | 160 |
| XXVII | Incoherencia sin estar borrachos l Julián Robles | 166 |
| XXVIII | Pequeño diálogo l María y Lilí Guzmán | 171 |
| XXIX | Erosiones destructivas l Matías Osorio | 178 |
| XXX | La extrañeza del amor l Margot Sant Pau | 182 |
| XXXI | Presidente de una sociedad l Armando Gomez | 193 |

| | | |
|---|---|---|
| XXXII | Deserción I Luz Torres | 197 |
| XXXIII | Los insustituibles I Fermín Aguilar | 201 |
| XXXIV | Madre e hija I Veronica y Sandra Olmos | 205 |
| XXXV | Los desarmados I Felipe Granja | 211 |
| XXXVI | Idealismo I Estrella Minobis | 216 |
| XXXVII | El triunfo de los inferiores I Inés Ronda | 220 |
| XXXVIII | Amistades infieles I Olga Escovar | 225 |
| XXXIX | El placer de ser imitado I Mario Sepúlveda | 230 |
| XL | Los grandes invisibles I Guillermo Contreras | 234 |
| XLI | La segunda persona I Ana Milà | 238 |
| Sobre la autora | | 295 |